Jonathan Ames
Flüchtig wie die Nacht

EUROPA
VERLAG

Aus dem Amerikanischen
von Friedhelm Rathjen

JONATHAN AMES

flüchtig
WIE DIE NACHT

ROMAN

EUROPA VERLAG
HAMBURG · WIEN

Für Jim Stevenson

Die Deutsche Bibliothek – CIP-Einheitsaufnahme

Ein Titelsatz für diese Publikation ist bei
Der Deutschen Bibliothek erhältlich

Originalausgabe:
I Pass Like Night
© 1989 by Jonathan Ames

Deutsche Erstausgabe
© Europa Verlag GmbH Hamburg/Wien, September 2001
Lektorat: Judith Heisig
Umschlaggestaltung: Kathrin Steigerwald, Hamburg
Foto oben: Kathrin Steigerwald
Foto unten: Michael Gosbee, Image Bank
Satz: H & G Herstellung, Hamburg
Druck und Bindung: Wiener Verlag, Himberg bei Wien
ISBN 3-203-75015-5

Informationen über unser Programm erhalten Sie beim
Europa Verlag, Neuer Wall 10, 20354 Hamburg
oder unter www.europaverlag.de

Inhalt

Der Himmel umgibt uns in unserer Kindheit!
Schatten des Gefängnisses drängen sich immer dichter
Um den Heranwachsenden

WILLIAM WORDSWORTH
»Ode: Anzeichen von Unsterblichkeit«

Goldie

ICH MAG DIESE EINE HURE auf der Lower East Side, sie heißt Goldie, wegen ihrer Zähne, und sie ist wirklich süß. Sie ist eine stämmige Schwarze mit großen Brüsten, und das erste Mal gesehen hab ich sie vor ein paar Nächten, als es zu heiß zum Schlafen war. Ich kam so gegen eins aus meinem Zimmer und ging die Grand runter, und da war sie. Sie trug einen schwarzen Büstenhalter in der Art eines Bikinis und einen engen schwarzen Minirock und schwarze, hochhackige Schuhe. Ich bin langsam an ihr vorbei und meine Augen glitten über ihre Brüste und den Bauch hinunter und sie lächelte mich an und sie nahm den Trinkhalm, auf dem sie kaute, aus dem Mund und sagte richtig nett: »Bißchen ausgehn, Schätzchen?« Und ich sagte: »Yeahhh«, ganz zögerlich und schüchtern und peinlich berührt, als wenn's mein erstes Mal wäre, aber ich wußte, was wir machen würden, und deswegen bin ich ja hin. »Ich ... bin dabei.«

»Na dann, Schätzchen, auf geht's, komm.«

Und sie nahm meine Hand und führte mich über

die Straße. Sie ging mit mir in den alten, dunklen Park mit seinen kaputten Zäunen, zerbröckelnden Mauern und diesen Schatten, die nach Pisse und Müll und weggeworfenen Kondomen stinken.

»Bumsen oder blasen?«

Ich sagte bumsen, ganz seelenruhig und süß geflüstert, und sie sagte: »Okay, Schätzchen, ich bück mich, und du steckst 'n mir einfach rein.« Und genau das wollt ich auch, mich verlieren in dem großen schwarzen Arsch dieser großen schwarzen Frau, doppelt so breit wie ich. Mich verlieren in irgendeinem Loch, vor dem ich Schiß hab, mich verlieren in dem dunklen Loch zwischen ihren Beinen, mein kleiner weißer Körper mit Hüften, bloß halb so breit wie ihre – reingezogen werden, eingesogen werden, mich für immer verlieren. Aber sie sagte: »Das kostet dann fünfundvierzig.« Und mein großer Traum zerschellte, und ich war wieder im Park, zurück in der Realität, und ich sagte: »Ich hab bloß zwanzig.« Was ziemlich blöde war, denn ich wußte, es würde auf Blasen hinauslaufen, und sobald man einer Hure erzählt hat, wieviel Geld man dabeihat, ist man das auch komplett los. Jedenfalls passiert mir das immer, weil ich auf so 'ne halbverrückte Weise Schiß vor Huren hab und lieber zahl, als mich auf Streit mit einer einzulassen. Obwohl sie mir, wenn ich ihr erzählt hätte, ich hätt bloß zehn Dollar, auch dafür einen geblasen hätte.

Aber Goldie war anders als die anderen, fast kommt es mir so vor, als könnte ich ihr vertrauen. Sie sagte: »Keins von den Mädchen hier draußen läßt sich für zwanzig von dir ficken, aber ich werd dir einen blasen und dich dazu mit meinen Titten spielen lassen.« Also, sie macht das alles natürlich wie die anderen Huren auch, um sich ein paar Kröten zu verdienen, aber sie will auch, daß man was kriegt für sein Geld. Nur wenige Huren auf der Straße sind so.

Sie sagte, ich solle ihr die zwanzig geben, und ich tat es; man zahlt immer, bevor es losgeht. Sie steckte den Schein in ihre kleine Handtasche und wühlte darin nach einem Kondom rum. Ich zog mir Hose und Unterhose runter, und sie sagte: »Wie heißt du?« Alle Huren fragen das, und ich hab keine Ahnung, warum, vielleicht, damit man lockerer wird, also lüg ich jedesmal, aber diesmal nicht, ich mochte sie, ich sagte: »Alexander.« Sie lächelte und sagte: »Ich heiß Goldie«, und ich konnte im Dunkeln ihre Zähne sehen.

Sie holte das Kondom raus, und es war mir ein bißchen peinlich, daß ich mir Hose und Unterhose selber runtergezogen hatte. Ich wollte immer noch dieses Spiel spielen, daß ich keine Ahnung hatte, was lief. Fast hätte ich erwartet, es würde sie überraschen, daß meine Hosen schon runter waren, aber sie schien es gar nicht zu bemerken. Sie legte Hand an, um mich in Stimmung zu bringen, aber ich war schon steif, und sie pfiff leise durch die Zähne, damit ich mir gut vorkam. Sie kniete sich hin und rollte mir das trockene Kondom über – Huren nehmen normalerweise immer billige Dinger, die nicht angefeuchtet sind. Sie sagte: »Muß sein, das mit 'm Präser, Schätzchen, damit sich keiner was bei wegholt.« Das fand ich ganz in Ordnung und sie fing an zu lutschen und ich lehnte mich zurück an die Parkmauer und fuhr ihr mit meiner Hand am Hals runter und in den engen Spalt zwischen ihren feuchten großen schönen Brüsten.

Wir waren verborgen im tieferen Teil des Parks, da, wo mal ein Kinderspielplatz gewesen sein mußte. Über der Mauer, an die ich mich lehnte, waren eine Reihe alter, dunkler Bäume, ein niedriger Eisenzaun und ein paar Bänke. Auf einer der Bänke ein bißchen weiter links konnte ich zwei Männer erkennen, die da hockten und zuschauten, wie Goldie mir einen blies. Ich schätzte, das waren alte Penner aus der Bowery, die zum Saufen herkamen, oder junge Bengel mit 'nem Schuß Heroin. Vermutlich saßen die da die ganze Nacht und beobachteten hundert Kerle dabei, wie sie vor den Huren die Hosen runterließen. Mehr vielleicht, hab keine Ahnung. Ich hab mich oft gefragt, wie viele Männer die Straßenhuren wohl pro Nacht abschleppen. All die Penisse in ihren Mündern und die modrigen, haarigen Lenden in ihren

Gesichtern. Genau darum lutschen sie an einem wie Maschinen, immer rauf und runter, so schnell sie können. Sie öffnen weit ihren Mund, und dann lassen sie den Kopf vor- und zurückschnellen wie einen Kolben, so daß der Penis ihnen bis ganz hinten in den Rachen reinfährt. Sie wollen, daß man so schnell wie möglich kommt, damit sie wieder auf die Straße zurückkönnen und mehr Geld scheffeln. Das Vergnügen dabei ist nicht sonderlich groß, jedenfalls nicht für mich.

Manchmal allerdings kommen komische Sachen vor, so wie mit Goldie. Sie war ordentlich mit Lutschen zugange und ich mit ihren Titten, als sie plötzlich aufhörte, zu mir hochschaute und sagte:»Komm schon, Baby, komm für Mama!« Ich fand, das klang gut, das gab mir noch einen kleinen Extrakick, und dabei wollen die immer, daß man schnell macht, aber Goldie war richtig nett, und ich war kurz davor, für sie zu kommen, sie zufriedenzustellen, als in der Öffnung des abgesenkten Areals eine andere Hure auftauchte und mit kratzender, warnender Stimme flüsterte:»BULLEN, und ham was vor, das fühl ich.« Goldie richtete sich auf, warf einen raschen Blick auf die Straße, nahm ihre Handtasche von der Mauer und sagte:»Tauch weg, Schätzchen, sind Bullen unterwegs.« Sie selber tauchte auch ab, paßte aber gut auf, daß sie meinen Zinken nicht verlor, damit der nicht schlappmachte. Ich schaute durch die Öffnung des Parks und sah den Streifenwagen an der Ecke, ungefähr fünfzig Meter weg. Ich schaute Goldie an, und sie lutschte ab und zu mal kurz und behielt gleichzeitig die Straße im Auge. Der Streifenwagen stand da einfach bloß rum, und die Huren waren still, ruhig, warteten ab. Schließlich fuhren die Bullen langsam davon, und die andere Hure sagte: »Weg sind sie, aber nicht für lange.«

Ich hatte plötzlich eine unglaubliche Hochachtung vor diesen Huren. In Gedanken verglich ich sie mit den großen Dschungelkatzen der Tarzan-Bücher, die ich gelesen hatte, als ich klein war. Diese Katzen, Numa der Löwe und Sheeta der Leopard, kannten jedes Lebewesen, das im Wald unterwegs war, und wußten, was es tun würde. Noch ein paar Huren kamen in den Park, um sich zu verstecken, und sie alle glichen diesen Katzen und flüsterten untereinander: »Ssstreife ... Ssstreife ... sssind im Anmarsch.« Ich hielt meinen Kopf weiter unterhalb der Mauerkante und lehnte mich mit angezogenen Knien zurück, während Goldie noch ungestümer als vorher an mir lutschte. Ich wartete drauf, daß ich vom Scheinwerfer des Streifenwagens erfaßt würde, und ich fragte mich, ob sie Freiern wohl Handschellen verpaßten, und beinahe hoffte ich, daß sie kämen und ich weglaufen könnte, daß meine Kinderspiele vom Ausbruch aus dem Knast Realität würden.

Sie fuhren wieder vorbei, aber diesmal hielten sie nicht an. Sie schienen uns einzukreisen, umrundeten den Park, kamen die Chrystie Street runter, fuhren dann die Forsythe hoch. Unter den Straßenlaternen konnte ich den Wagen so deutlich sehen, als wär das der erste Streifenwagen, den ich zu Gesicht kriegte. In meinen Augen war er fast eine Schönheit mit seiner röhrenförmigen roten Warnleuchte auf dem Dach und dem aus dem Fenster hängenden blauen Arm des Fahrers. Eine von den Huren sagte: »Die bluffen nur, die wissen ganz genau, daß wir hier stecken, und die werden uns alle einsacken; mach mal lieber 'n bißchen hinne, Goldie, und sieh zu, daß du deinen Liebsten los wirst.« Ich wußte, ich sollte lieber bald kommen, sonst würde ich gar nicht mehr kommen, und ich wollte die zwanzig Eier nicht verschwenden. Aber durch die ganze Aufregung war ich unkonzentriert geworden, und Goldie merkte das, drum fing sie an, mich zwischendurch beim Lutschen anzufeuern: »Na los, Schätzchen, her mit deinem Saft ... ich will alles, Baby ... spritz ab, Baby ... spritz ab!«

Die anderen Huren fingen an zu lachen. Mich auszulachen. Eine von den Huren meinte: »Sag ihm, wie's geht, Goldie, sag's dem Bengel endlich.« Und Goldie sagte immer wieder: »Spritz ab!«, und sie lachten immer weiter. Irgendwie wünschte ich mir, Goldie würde sagen: »Tu's für Mama«, das hatte mich vorhin einigermaßen erregt, und dann könnte ich vielleicht kommen, aber es war mir zu peinlich zu fragen. Also versuchte ich, mich zu konzentrieren. Ich klebte mit dem Pimmel in ihrem Mund, mit der Hand auf ihren Brüsten und mit den Augen auf der Straße, hielt Ausschau nach der Polizei.

Schließlich zwang ich mich zu kommen, obwohl ich das kaum spürte. Sie bemerkte eine Veränderung an mir, das Ende des leichten Wiegens meiner Hüften.

»Biste gekommen, Schätzchen?«

»Ja, bin ich.«

»Biste sicher?« Sie sah mich besorgt an. »Wollen doch sichergehn, daß du kommst, bist so nett gewesen.«

»Ist schon in Ordnung, alles okay.«

»Prima, Nacht dann, Schätzchen.«

Sexy und stolz ging sie davon, und die anderen Huren verschwanden ebenfalls. Die Hosen hingen mir in den Kniekehlen, die Polizei war nicht zurückgekommen, und ich pellte mir das Kondom von meinem Pimmel. Es ziepte an den Haaren, und ich haßte das, und es war naß von ihrem Speichel. Als ich's runter hatte, schlenkerte ich es zu Boden und versuchte, den Typen auf der Bank vertraulich zuzunikken, falls die hersahen. Ich zog mir die Hosen hoch und schlug mich in der entgegengesetzten Richtung zu den Huren durch den langen, gefährlichen Park, dessen Schatten mich aus den Augenwinkeln ansprangen.

Ich hastete schnell über den unebenen Asphalt und zerbrochenes Glas und sprang ein Stück Mauerwerk hinauf, und während ich sprang, hatte ich einen stolzen Moment der Hochstimmung. Ich war stolz, weil Goldie eine gute Hure war und mich ihre Titten hatte anfassen lassen. Ich war stolz, weil ich einen Park durchquerte, durch den »niemand hindurchgehen sollte«. Und ich war stolz, weil ich die anderen Huren von Streife hatte flüstern hören und weil sie über mich gelacht hatten.

Ich lief den ganzen Weg zurück zu meinem Haus, und als ich an meine metallene Tür kam, rollte der Streifenwagen langsam vorbei, und ich warf einen Blick zur Straßenecke, aber Goldie war nicht da. Das war eine Ausgebuffte, und ich war auch in Sicherheit, und ich stieg die schmutzigen Stufen zu meinem sommerlich heißen Zimmer hoch und ging auf die Toilette. Ich pißte lange, und ich war froh drüber, denn ich rede mir immer ein, wenn man nach dem Sex mit einer Hure pißt, dann steckt man sich nicht an. Aber dann warf ich einen Blick auf meinen Penis, und der war ganz rot und sah ziemlich malträtiert aus. Es klebte sogar ein Fitzelchen zerrissenen Gummis dran. Ich fragte mich, ob das Kondom zerrissen war, als sie an mir lutschte, und ich fragte mich, wenn es so war, ob dann ein paar kranke Keime, so wenige, wie's eben braucht, durch diesen kleinen Riß gedrungen und mit einem Tröpfchen von mir in Kontakt gekommen sein könnten. Ich pellte das Fitzelchen zerschlissenen Gummis ab und wusch meinen Pimmel, trocknete ihn anschließend mit einem Papierhandtuch. Ich besah mich selber im Spiegel, meine roten Augen und meine verschmierte Nase. Und ich dachte so bei mir, am ernüchterndsten überhaupt auf der Welt ist es doch, in den Spiegel zu schauen und zu sehen, wie häßlich man tatsächlich ist.

Alles, was ich kenne, bin ich selbst. Ich wurde zwanzig Jahre nach Kriegsende geboren. Mein Vater sah um die Zeit meiner Geburt sehr gut aus mit seinem kurzen schwarzen Haar. Meine Mutter war eine strahlende Blondine und ich ihr Liebling. Heute noch sagt sie oft zu mir: »Du warst so ein sanftes Baby, ich konnte es kaum erwarten, daß du wach wirst. Die meisten Mütter wollen bloß immer, daß ihre Babys schlafen.« Normalerweise gefällt mir das, wenn sie so was sagt, ich liebe Schmeicheleien aller Art, selbst wenn es um ein Ich und eine Zeit geht, von denen ich gar nichts weiß. Aber manchmal sagt sie das mit einem solchen Seufzen, daß ich mich insgeheim frage: »Bin ich jetzt kein Liebling mehr, Mamchen?« Ihre Antwort würde lauten: »Aber sicher bist du das, wenn dir irgendwas passieren würde, wäre mein Leben zu Ende, ich liebe dich.« Aber ich frage nicht.

Ein Porträt eines Vaters

MEIN VATER GAB MIR zehn Dollar, als ich nach Hause ging, und sagte: »Ich hätte auch gern jemanden, der mir zehn Dollar gibt.« Er sucht immer noch jemanden, der sich um ihn kümmert, er tat immer, was man ihm sagte, aber das funktionierte nicht, drum sucht er jetzt nach einem Erlöser, und er will mich, seinen Sohn, zum Vater. Und ich liebe ihn, ich schau ihn mir manchmal von weitem an, im Tempel etwa, wenn der Rabbi ihn zum Thora-Schrein nach vorn ruft und er da vor der Gemeinde steht, und dann betrübt es mich plötzlich zu sehen, wie alt er geworden ist, ich hab ihn lange nicht mehr richtig angeschaut. Aber ich bin dann auch stolz, ihn seine Gesichter schneiden und seine Gebete sagen zu sehen, und ich frag mich, ob sich wohl irgendwer in der versammelten Gemeinde an Ira Vine erinnern wird, wie er da steht, oder sehen sie ihn gar nicht, wie auch ich ihn so lange nicht gesehen hab. Wer ist der Mann da vorn, zu dem ich »Ich liebe dich« sagen möchte, und wie sehr würde ihn das freuen, in jeder anderen Hinsicht ist er gescheitert, aber wenn er an die Liebe seines Sohnes glauben könnte ... Ich weiß, daß er für mich stark zu sein versucht, am Telefon, wenn er mit New York verbunden ist, sagt er immer: »Gutnacht, mein Sohn.« Und aus diesen drei Worten höre ich's heraus, wie er's versucht, wie er ein Vater zu sein versucht, indem er »mein Sohn« sagt.

Aber dann kommt er von der Thora zurück, und ich seh ihn wieder von nahem, und die Last wird mir zu schwer, als daß ich ihn mit dem Stolz und der Liebe, die ich für ihn hege, trösten könnte, irgendwie gerinnt das alles wieder zu dem alten Widerstand. Jahrelang, als Kind, konnte ich es nicht ertragen, ihn essen zu sehen, ich ging so weit wie möglich auf Abstand, verzog mich an die Ecke des Tischs, es war kein großer Tisch, und ich wandte den Kopf ab, ich konnte die Geräusche nicht ertragen, die er machte. Und er ließ mich ihm den Rücken kratzen, seinen haarigen Rücken, und irgendwie war das ein Test für meine Liebe, wenn ich nicht kräftig genug kratzte, aber mir graute davor, irgendwas unter meine Fingernägel zu kriegen, und er verstand das nicht. Und er ging immer mit meiner Schwester und mir in die Badewanne, und er wollte uns immer knuddeln, und ich weiß noch, wie ich seinen Penis an meiner Arschritze spürte, und wer weiß, was das in mir angerichtet hat.

Und alles, was ich die letzten zehn Jahre hindurch hörte, ist sein Geflenne und Geheule, daß er besser dran wäre, wenn er unter der Erde läge, und dann seine Herzrhythmusstörungen und seine Angstanfälle und irgendein Problem mit seiner Schulter, seiner Hand, seinem Knie, seinem Handgelenk, seinen Augen. Wo zwickt es dich denn heute, Dad? Er ist ein Kind der großen Wirtschaftskrise, und die ganzen Wertvorstellungen, die er hatte, hauen nicht mehr hin, und er war ein Muttersöhnchen, weil er ein Loch in seinem Ohr hatte. IRA, DU SOLLST DOCH NICHT SCHWIMMEN GEHEN, DU SOLLST DEINEN KOPF NICHT NASS WERDEN LASSEN, IRA, DU MUSST ZUM ONKEL DOKTOR. Seine Mutter, meine Großmutter, die ihn verdammt lange wie ein Kleinkind behandelt hat, ist vor zwei Jahren gestorben. (Sein Vater, der schon lange tot ist, hat ihn nie angespornt, sondern immer nur gesagt: »Versprich mir, daß du kein Taxifahrer wirst«, weil er selber während der Wirtschaftskrise Taxifahrer in Brooklyn gewesen war. Also hat mein Vater das Versprechen gehalten und ist Handelsvertreter im Nordostkorridor geworden.) Jetzt also, wo seine Mama tot ist, kommt sich mein Vater verlorener denn je vor – niemand hat mehr irgendwelche Erwartungen, die er nicht erfüllen kann. (»Warum bist du Handelsvertreter geworden? Konntest du nichts anderes werden?« pflegte sie noch zu sagen, als er schon in seinen Fünfzigern war.) Aber er kapiert nicht, wie befreiend ihr Tod ist, er schaut immer noch in den Spiegel und hört sie sagen: »Gescheitert.« Also macht er andauernd Nikkerchen und fühlt sich nicht wohl. Jedesmal in den letzten zehn Jahren, wenn ich zu Hause gegessen hab, gab er den Startschuß zur Mahlzeit, indem er sagte: »Ich fühl mich nicht so richtig«; und einmal bin ich aufgesprungen und hab losgekreischt: »Dad, das ist was Ernstes«, und hab die Notrufnummer gewählt. Meine Mutter hat mit mir mitgelacht. Und sogar er hat gelächelt. Der fühlt sich schon seit einem Jahrzehnt nicht mehr richtig.

Einmal hab ich ihn gefragt: »Dad, was hattest du für Träume?« Ich versuchte rauszukriegen, warum er schon so lange immer depressiv war, und er sagte: »Deine Mutter heiraten, euch Kinder haben, ein Haus haben und ein Auto und einen Hund.« Also sagte ich: »Wo liegt dann das Problem? Das hast du doch alles gekriegt.« Er hat einfach bloß den Kopf geschüttelt, irgendwie ist es nicht genug, und er hat keine neuen Träume. Seinen Job behält er bloß, weil er Angst hat zu kündigen und weil er Angst hat, seinen Firmenwagen loszuwerden, seit Jahren mußte er keine Benzinrechnung mehr selber bezahlen. Als Handelsreisender kann er dir zu jedem Foto das genaue Jahr angeben, wenn sein Wagen im Hintergrund zu sehen ist; seit den Fünfzigern hat er über fünfundzwanzig Firmenwagen gehabt, und er erinnert sich an jeden einzelnen. Manchmal versuch ich, ihn als wackeren Ritter der Landstraße zu sehen, der jede Woche achthundert Meilen zu Fabriken in East

Stroudsburg und Gloversville fährt, um Werkzeuge und Gußformen zu verkaufen. Und über die Jahre hat er sich alle gebührenfreien Straßen gemerkt und unter welcher Nummer man in den Restaurants von Howard Johnson Bestellungen aufgibt und wie man es anstellt, daß die Bremsen zehntausend Meilen länger halten. Trotzdem hat er nie aufgehört, ein guter Vater zu sein, er hat mich gebadet und mir nachts Saft ans Bett gebracht und die Arbeit versäumt, wenn ich krank war und er meiner Mutter bei der Pflege half. Jetzt aber ist er geschlagen, zu viele Meilen auf Straßen durch die Poconos, dunkel und kurvenreich, und seine Augen brennen von seinem eigenen Zigarrenqualm und der Müdigkeit, und nur eins hat ihn davor bewahrt, von der Straße abzukommen, und das ist seine große Liebe zu meiner Mutter.

Und jetzt wird er von seinen beiden jungen jüdischen Bossen terrorisiert, die Jahr um Jahr an Größe und Bosheit gewaltig zunehmen. Ich sag ihm immer: »Dad, hör auf, dir Sorgen zu machen, die mögen dich, das spinnst du dir zusammen.« Und mit Sicherheit sagen die: »Ira, einem jüdischen Bengel würden wir nichts zuleide tun.« Und er ist fünfzehn Jahre älter, als sie es sind. Und er hat Angst, die kommen hinter die zweihundert Dollar Benzin jährlich, mit denen er das Auto meiner Mutter auftankt. Jetzt, gegen Ende seiner beruflichen Laufbahn, haben sie ihm den größten Schlag versetzt, den es für einen

Handelsreisenden gibt, nach zwölf Jahren Festgehalt haben sie ihn auf Kommission gesetzt, um ihm Feuer unter seinem sechzigjährigen Hintern zu machen.

Und ein Ventil hat er über die Jahre gehabt, um Dampf von seinem Job als Handelsvertreter abzulassen, und dieses Ventil waren Waffen. Eine Zeitlang ist er sogar in Streifenwagen der Hilfspolizei mitgefahren, er liebte die Uniform, aber dann hat der Gouverneur verboten, daß Freiwillige Waffen tragen (irgendein Freiwilliger hatte ohne Warnung jemanden erschossen). Also liegt er jetzt bloß noch vor dem Fernseher auf der Couch, eingewickelt in eine Decke, und unser Hund liegt ihm zwischen den Beinen, und aus besagter Decke ragt seine Knarre hervor, und er feuert sie ungeladen auf den Bildschirm ab, zielt genau zwischen die Augen.

Ich ging die Chrystie Street rauf, um zur Second Avenue zu kommen, und ein Penner, der kerzengerade und stolz und irre auf einer Bank saß mit all seinen Plastiktüten um sich rum, wedelte mit einem großen Stock und rief mir durch den Drahtverhau seines Bartes zu: »Ich hab einen Vierzehn-Zoll-Schwanz und dreiundzwanzig Enkelkinder überall in der weiten Welt!«

Im fälschlichen Glauben, ich könne mit allen Menschen auf New Yorks Straßen kommunizieren, sagte ich: »Mit so einem Schwanz solltest du hundert Enkelkinder haben.«

»Bist 'n echter Freund«, sagte er sanft, aber dann veränderte sich sein Tonfall ganz wüst und unerwartet, und er grölte mit tiefer Stimme: »Und nu fick dich ins Knie und zieh hier Leine, bevor ich dir 'n Hals umdreh!« Ich spielte das New Yorker Spielchen und marschierte einfach weiter, machte auf cool; für den Fall der Fälle aber zählte ich zehn Schritte ab und drehte mich dann echt rasant um. Ich hatte keine Lust, von irgend so einem durchgeknallten Rasputin-Penner von hinten erledigt zu werden.

Türsteher

ICH BIN DER ZWEITE TÜRSTEHER im Restaurant
The Four Seasons. Ich bin so was wie der Ersatzspie-
ler, der in unwichtigen Spielen mal ran darf, aber auf
der Bank bleibt, wenn's hart auf hart geht, aber das
heißt nicht, daß ich nicht effektiv wäre. Ich arbeite
Montag-, Dienstag- und Mittwochabend, und Dimitri, der siebzehnjährige Veteran, der das As der
Mannschaft ist, spielt die Play-offs vor großem Publi-
kum am Donnerstag, Freitag und Samstag. Ab und
zu spring ich mal für ihn ein, oder ich erledige spezielle Besorgungen, den Besitzer nach Hause fahren
oder so, aber normalerweise bringen mir diese drei
Arbeitsabende genug Schotter in die Taschen, daß
ich davon mein Zimmer, mein Essen und die paar
Sonderfreuden, mit denen ich mich gern ruiniere,
bezahlen kann. Manche Leute nennen die Trinkgelder Zigarettengeld, aber ich rauche nicht.

Wenn man auf die Art Türsteher ist, wie ich das
schätze, heißt das, man flitzt ständig hin und her.
Der Eingang zum Four Seasons ist mitten auf der
Zweiundfünfzigsten, und weil das eine Querstraße

ist, ist es schwer, da ein Taxi anzuhalten, also renn ich auf die Schnelle zur Park Avenue hoch und blas da in meine Pfeife. Die Avenue ist gerammelt voll mit Taxen, und die Fahrer hören meinen Pfiff und entdecken das sommerliche Pink meines Huts (grün im Frühling, rot im Herbst, braun im Winter), dann wissen sie, ich bin der Four-Seasons-Typ, und biegen oben in die Zweiundfünfzigste rein. Ich hüpf hinten in ihr Taxi, und dann sag ich immer: »Danke, Meister, ab zum Vordach.« Es macht mich glücklich, mit anderen arbeitenden Menschen zusammenzukommen und ihr Geschäft zu beleben, und wir fliegen den halben Block bis zum Eingang des Restaurants, und ich spring raus. Meine Kunden sind immer überrascht, mich zu sehen, denn zuerst begrüße ich sie an der Tür, und dann verschwinde ich den Block hoch, bin außer Sichtweite, bis ich auf majestätische Weise wieder auftauche, vom Rücksitz eines Taxis, und ihnen schwungvoll die Tür aufhalte, mir an den Hut tippe, mich leicht verneige und sage: »Hier ist Ihr Taxi, Sir«; und sie drücken mir einen Dollar in die Hand, und ich nehm den Schein, tippe mir noch mal an den Hut und stecke das Geld so unauffällig ein, wie ich atme. Ich schlag die Tür zu, das Taxi ist weg, ein anderes fährt vor und tritt an seine Stelle, ich öffne die Tür, und die überkandidelten Leute sehen mich nicht, ich sag: »Willkommen im Four Seasons«, und ich husche zum Eingang des Restaurants hinüber, und die Tür ist auf, bevor sie es merken, ich verbeuge mich ein wenig, normalerweise kein Trinkgeld jetzt beim Reingehen, manchmal aber doch, also bin ich immer auf Zack. Ein anderes Pärchen kommt aus dem Restaurant, während ich die Tür noch aufhalte, ich sag: »Wünschen Sie ein Taxi, Sir?«, und er nickt ein Ja, und schon flitze ich wieder runter zur Park Avenue, blas in meine Pfeife, seh zu, daß ich ein Taxi erwisch.

Ich hau ganz schön rein, um mir Trinkgelder zu verdienen, wenn's gut läuft, geh ich mit hundert Eiern den Abend nach Hause, und manche von den Leuten sind Stammgäste, und die geben mir die Schlüssel ihrer Mercedesse, wenn sie im Parkverbot stehen, so daß ich die ein Stück bewegen kann, wenn's nötig ist, und dieser Dienst wird nicht von mir verlangt, aber sie drücken mir einen Zehner oder einen Fünfer in die Hand, und ich gebe mich sehr höflich. Dimitri hat mich anfangs ein paar Abende lang geschult, und der hat das nie laut ausgesprochen, der sagt fast nie was, aber ich hab gelernt, wie man ein paar Stammgästen das Gefühl gibt, sie seien die großen Zampanos in unserm Arbeitsleben, und dann lassen die ein ordentliches Trinkgeld springen, bloß dafür, daß man da steht und die Luft einatmet. Das hab ich schon verdammt gut drauf, aber mein großer Traum ist es, eines Tages die Tür einer Limousine zu öffnen und mich Auge in

Auge mit einer reichen Witwe mit großen Brüsten und einer Perlenkette um den Hals zu finden. Ich hoffe auf diesen elektrisierenden Moment, wenn sie erkennt, ich bin der Junge, nach dem sie die ganze Zeit gesucht hat, und mir ein Kärtchen mit einer Nummer und keinem Namen drauf zusteckt und dann in das Restaurant spaziert, als wär ich überhaupt nicht da, weil die ganze Geschichte von Anfang an supergeheim bleiben muß. Wenn meine Träumereien richtig in Schwung kommen, fang ich an, die Straße ein paar Monate in die Zukunft zu projizieren, und dann seh ich Schwarzweißfotos von mir im *Vanity Fair*, wo ich mich in einer mit knittrigem roten Leder ausgeschlagenen Nische an sie schmiege und einen schwarzen Schlips umhabe und die Hand vor unsere Gesichter halte. Das ist was, was mir hilft, die Zeit rumzukriegen, wenn ich die ganze Nacht Türen aufhalte, und wenn ich nicht an diese Geschichte denke, dann halt ich normalerweise ein Auge offen nach den Berühmtheiten, die die Küche des Four Seasons schätzen. Meistens ist das gar kein besonderer Kick, aber ich möchte in der Lage sein, sie zu erkennen, das ist ein Hobby, und es gibt mir ein gutes Gefühl bei dem Restaurant, wenn ich weiß, ich arbeite für einen Laden mit Niveau. Und wenn die Stars aus dem Außenministerium auftauchen, unterhalt ich mich gern mit den Geheimdienstleuten und werf einen Blick auf die Ausbeulungen ihrer Waffen unter dem Jackett und über ihren Knöcheln. Insgesamt also bringt mir diese Kiste mit den Berühmtheiten nicht viel, höchstens, als mal der Shortstopper von den Orioles zum Abendessen auf der Bildfläche erschien. Ich bin ein persönlicher Fan von ihm, und er ist die einzige Berühmtheit, wo ich nahe dran war, um ein Autogramm zu bitten. Aber da erinnerte ich mich noch rechtzeitig, daß er gerade in einer Formkrise steckte, und ich wollte ihn nicht stören.

Wie bei jedem Beruf gibt's eine Menge kleiner Lektionen und Regeln der Etikette, und ich bin stolz darauf, daß ich für alle Aspekte dieses Jobs die Instinkte eines echten Türstehers entwickelt hab. Gerade gestern ging so gegen fünf Uhr eine einzelne gutaussehende Frau von Mitte Dreißig in einem teuren Kleid, das billig aussah, hinein. Unsere Augen begegneten sich eine Sekunde lang, und da war jene besondere Kommunikation, und unsere Gehirne sprachen, ohne daß sich unsere Lippen bewegten, und ich wußte, was sie war, und sie wußte auch, was ich war. Das Restaurant hat eine Bar, aber das ist keinOrt für Freischaffende; jedenfalls kriegte ich da zum ersten Mal eine Upper-East-Side-Lady bei der Arbeit zu sehen, das muß ein vorher abgemachtes Treffen gewesen sein. Eine halbe Stunde später kam sie natürlich mit einem Mann in einem sehr feinen Anzug wieder raus, und ich sagte: »Möchten Sie ein Taxi, Sir?« Er sagte ja, und ich besorgte flink eins und hielt ihnen die Tür auf. Er zögerte einen Moment, bevor er einstieg, und ich warf einen Blick auf seine Haare, die waren sehr dünn (ich schau mir immer das Haar von Männern an und frag mich dabei, wie mein eigener Skalp wohl mal ausgedünnt werden wird), und er fragte die Frau hastig und im Flüsterton, um zu klären, was er dem Taxifahrer sagen sollte: »Wo möchtest du hin, ins Plaza? Oder das Pierre?« Sie sagte: »Dein Wunsch ist mir Befehl«, und auf ihrem Gesicht erschien ein bezahltes Lächeln, das mich erregte. Sie stiegen ins Taxi, und der Mann vergaß, mir Trinkgeld zu geben, aber diesmal machte mir das ausnahmsweise nichts aus. Ich schloß sachte die Tür.

Ich ging lächelnd zum Vordach zurück, und zwei von den Limousinenchauffeuren waren aus ihren Wagen ausgestiegen und lehnten sich an das Seagram-Gebäude und rauchten und redeten. Sie wußten, was da abgegangen war, und dieser eine Ex-Bulle, der schon für den Mann gefahren war, sagte: »Hast gesehen, wie ich den Kopf weggedreht hab, als der rauskam, ich tu so, als wenn ich den nicht kenn, kein Blickkontakt, kein gar nichts. Da muß man 'ne scharfe Grenze ziehen. Kann sein, und ich muß ihn und seine Frau nächste Woche wieder fahren, kann man nie wissen, also kümmert's mich auch gar nicht weiter, wenn der hinter dem Rücken von seiner Frau mit Huren rummacht. Man muß Respekt zeigen, und wenn man blind sein muß, muß man eben blind sein.« Der andere Chauffeur stimmte ihm zu, und ich dachte, das klingt ziemlich vernünftig, und der restliche Abend ging danach glatt und ohne weitere Vorkommnisse über die Bühne.

Ich nahm meine halbstündige Essenspause, die einer der großen Vorteile an diesem Job ist. Jeden Abend geh ich, so wie gestern abend, durch den ersten Speisesaal. Die Sechs-Meter-Reihen perlenbesetzten Metalls glitzern und glänzen entlang der riesigen getönten Frontscheiben. Ich schau mir all die Leute an, die in dem prallen braunen Lederlicht und dem gelben Kerzenglanz speisen, jeden Abend ist das wie eine Premiere am Broadway, der Maître sprüht sich graue Sprenkel ins Haar, und die ganzen wohlhabenden Leute sehen sauber aus und lassen es von weitem so wirken, als wäre essen was Feines. Ich geh in die verräucherte Küche, und ich weiß genau, wie ich meinen Körper in dem hektischen Getriebe der Kellner und Pikkolos bewegen muß; und die vierzehn stoischen Köche schwitzen über ihren Feuern, und ein Mann ruft in Geheimsprache Bestellungen in ein Mikrophon, und ich sag immer: »Danke für das Essen.« Normalerweise bemerkt mich dabei ein bestimmter Kellner, der mich mag, und er schneidet mir ein Stück von einem der Desserts ab, und als Profi macht man natürlich solche Sachen, denn selbst wenn man bezahlt wird, wird man nie das Gefühl los, daß man zuviel gibt, und ein bißchen geklaute Torte gibt einem was zurück, bringt die Waagschalen etwas ins Lot, und ich eß das immer auf, selbst wenn ich's gar nicht haben will.

Nach dem Essen gestern abend gab mir mein Lieblingskellner ein Stück von der Spezialität des Hauses, Chocolate Velvet, und dann hatte ich schwer zu schuften bis um zwei Uhr morgens, eine Stunde länger als üblich, weil es eine private Feier gab. Ich war fast zehn Stunden für meinen Job auf den Beinen, und meine Knie und Füße taten weh von dem ganzen Rumgerenne und -gestehe, und meine Mundmuskeln schmerzten vom ständigen Pfeifen, und manchmal sorge ich mich ein bißchen und denk, ich ruiniere mir den Mund auf Dauer. Aber gestern abend war's wie an vielen Abenden, ich liebe das, wenn's spät und meine Schicht fast vorüber ist und die Park Avenue so still und tot, und ich bin ganz allein und ganz an der Ecke zwischen so vielen großen Gebäuden. Ich hab den Verkehrsfluß des Tages vorbeifluten sehen, und jetzt ist die Avenue ein leeres Bett, und das scheint immer zu glitzern, vielleicht weil hier reiche Leute wohnen, und ich laß meine Pfeife durch New York schrillen, und irgendein Taxifahrer irgendwo mit offenem Fenster, der sich so fühlt, wie ich mich fühl, wird meinen Ruf hören und wird angesaust kommen, und dann hab ich wieder einen Lappen Trinkgeld mehr in meiner Hosentasche.

Der Herr Einkaufsbummler

ICH HAB EINEN FREUND, der mich alle paar Monate so um zwei Uhr nachts anruft und sagt: »Alexander, hast du nicht Lust auf einen Einkaufsbummel?« Er sagt das so in dieser Art, um zu verbergen, was er wirklich meint: »Alexander, hast du nicht Lust, mit mir loszuziehen und Ausschau nach den Huren zu halten, die an den dunklen Seitenstraßen in der Nähe des Lincoln-Tunnels aufgereiht stehen?« Normalerweise ist es ihm ziemlich peinlich, wenn er diese Anrufe macht, weil er jedesmal, wenn wir unterwegs sind, hinterher schwört, daß er nie wieder mit einer Hure losziehen wird. Aber alle paar Monate klingelt spät nachts das Telefon, und dann weiß ich, daß er das ist. Er kann sich nicht davon losreißen, zu sehr liebt er den Kick dieser Einkaufsbummel. Er sagt, daß er sich angesichts all dieser Huren auf der Straße vorkommt wie in einem Süßwarenladen oder einem Spielzeuggeschäft mit Frauen in den Regalen. Und er ist ausgesprochen freundlich zu den Huren, die er umsichtig auswählt und mit denen er gern ein bißchen Small talk macht und denen er Papiertaschentücher anbietet, daß sie sich den Mund abwischen können, wenn sie fertig sind. Ich weiß, daß er das tut, weil ich hinten auf dem Rücksitz war und er sogar meinen Huren Taschentücher angeboten hat.

Einmal, als wir los waren, bevor sie anfingen, Kondome zu benutzen, schüttelte seine Hure ablehnend den Kopf, als er ihr mit dem Taschentuch kam, und lehnte sich statt dessen über ihn weg und spuckte sein Sperma aus dem offenen Fenster. Sie stieg aus dem Wagen, und er saß ganz schockiert da. Mir fiel nichts ein, was ich hätte sagen können, um ihn zu trösten, und nach einem Weilchen fuhren wir weg. Ich drehte mich um, schaute aus dem Rückfenster und sah einen Lastwagen über den Klecks auf der Straße fahren, der sein Sperma war. Ich stellte mir vor, wie es sich im Profil des Reifens festsetzte und mit nach New Jersey reiste und darüber hinaus, überall auf den Highways verteilt wurde, und seine DNA vermischte sich mit den weißen Spurmarkierungen auf dem Jersey Turnpike.

Ich kam aus der U-Bahn und sah einen Penner auf Ell-
bogen und Knien im Spring Street Park. Er kroch über
den Asphalt, würgte und keuchte. Er hatte kein Hemd
an und er hatte einen breiten haarigen Rücken wie mein
Vater und ich konnte seine Rippen sich durch die Haut
abzeichnen sehen wie beim Kadaver einer toten Kuh.
Und sein Gesicht war überall eingeschlagen, geschwolle-
ne, verschorfte Wunden waren da, wo seine Augenbrauen
hätten sein sollen, Folge betrunkener Treppenstürze oder
schwerer Tritte ins Gesicht beim Schlafen. Er hatte keine
Schuhe, und seine Füße sahen vor lauter Dreck aus, als
hätte er verkohlte Stummel an den Enden der Beine. Ich
hielt mich am Maschendrahtzaun fest wie an einem Ge-
fängniszaun und beobachtete ihn durch die kleinen Qua-
drate hindurch.

J. B. kam an meine Seite und sagte: »Wie geht's 'n so,
Red?« Ich drehte mich um und lächelte ihn an, er ist einer
der ältesten Penner auf der Straße und mein Liebling,
weil er blaue Augen hat, wie mein Großvater sie hatte.
»So weit ganz gut, J. B., aber sag mal, wer ist denn der
Typ da?« Ich deutete auf den Penner im Park. J. B. ant-
wortete mit einem Kopfschütteln: »Das arme Würstchen
da is' Mike McDonel, der is' früher hier mit 'nem großen
Buick rumgegurkt un' hat paar von 'n Jungs Arbeit gege-

ben; hättst ihn damals mal sehen solln, muß wohl 250 Pfund gewogen ham un' paffte Zigarrn, hat immer wem geholfen früher, wenn er konnte. Die Kumpel drängelten sich immer um dem sein' Buick rum. ›Mike, haste bißchen Arbeit für mich? Hey, Mike, haste mal 'nen Zehner übrig?‹ Aber was hat er 'n jetzt wohl davon? Kuck ihn dir an, jetzt is' er einer von uns.«

Regenflut

DIESER SOMMER WAR ganz abscheulich heiß, und einmal hatte es seit Wochen nicht geregnet. New York war umzingelt von den Gefängnismauern seiner eigenen triefenden, unbeweglichen Schwüle, bis zum Glück eines Abends der Himmel das alles nicht mehr länger halten konnte und die Fluttore sich öffneten. Also normalerweise werd ich sowieso nicht gern vom New Yorker Regen durchnäßt, ich denk dann immer, entweder ich werd blind oder die Augenbrauen fallen mir aus, aber dieser Sturzbach hat mich ganz besonders in Panik versetzt. Während der vergangenen paar Wochen hatten die Wolken ihre Vorräte an Giften aufgestockt, wie das die Leber eines Alkoholikers macht, und ich wollte hier unten nicht von der Flut erwischt werden, wo da oben nun alles aufgeschlitzt worden war. Also flitzte ich, obwohl ich bloß ein paar Blocks von meinem Apartment weg war, ganz hektisch in diese neue Bar auf der East Third Street. Drinnen ist da alles weiß, sehr rein und sehr sauber, und an jenem Abend war der Laden leer bis auf ein paar Leute an einem der

Tische. Ich war der einzige an der Theke, und da lernte ich Joy kennen, sie stand hinter dem Tresen. Ich bestellte ein Bier und wischte mir das Wasser mit mehreren Servietten von Händen, Gesicht und Haaren. Ich häufte die Servietten zu einem ziemlichen Stapel auf und beruhigte meine lädierten Nerven, indem ich an meinem Bier nippte. Es kam so heftig was runter, daß ich kaum noch die Straße draußen erkennen konnte. Ich hatte Visionen von Menschen, die in den Avenues ertranken, und sorgte mich richtig ein bißchen, weil ich mich zu ebener Erde befand, aber die Tür schien ganz gut verrammelt zu sein. Joy lächelte mich an, sie spürte etwas von meiner Nervosität in bezug auf den Regen, und ich spürte ihre Langeweile, der Laden war praktisch menschenleer, also kamen wir etwas ins Quatschen.

Sie fing an zu monologisieren und erzählte mir ihre Lebensgeschichte, irgendwas von ihrer Karriere als Bildhauerin ohne Aufträge, und ich steuerte ein paar gutgetimte Grunzer und »Ich weiß, was du meinst« und »Tatsächlich?« bei, aber in Wirklichkeit hörte ich bloß halb hin. Ich war zu sehr damit beschäftigt, sie attraktiv zu finden. Sie hatte ein hübsches Gesicht, etwas blaß zwar, aber das ist in New York zu erwarten, mit schmollschnutigen Lippen, einer feinen, geraden Nase und kurzem kastanienbraunen Haar. Sie trug eine sackartige ärmellose Bluse mit V-Ausschnitt, und obwohl sie sehr dünn war, erhaschte ich kurze Blicke auf sehr tiefe, sehr dunkle, sehr markante Achselhöhlen, die mich auf unbestimmte Weise fesselten. Sie war ein bißchen seltsam mit ihrem schnatterigen Gerede und dem Gezitter ihrer Hand, wenn sie die Zigarette zum Mund hob, aber ich stellte mir bereits vor, sie nackt zu sehen. Ich mag das, die Mädchen erst mal ein paarmal nackt zu sehen und den Versuch zu machen, die Sache durchzuziehen, bevor das übliche Durcheinander anfängt.

Da befand ich mich also in einem halbwegs angenehmen, ein bißchen angespannten Zustand, hinund hergerissen zwischen meinen glücklichen erotischen Gedanken an ihre mysteriösen Achselhöhlen und der Befürchtung, ihr Rumgefuchtel mit der Zigarette könne die inzwischen wieder getrockneten Servietten in Brand setzen, die immer noch als kleiner Scheiterhaufen vor mir aufgetürmt waren, als sie plötzlich etwas sagte, was mein Interesse weckte.

»Wenn mein Prozeß Erfolg hat und ich mein Geld krieg, dann mach ich in New York die Biege und kauf mir ein Haus in Vermont. Hast du gewußt, daß es in Vermont keine Fabriken gibt, die die Umwelt verschmutzen?«

Ich antwortete nicht auf ihre abschließende Frage, mich erregte der Gedanke an einen Prozeß und an Geld. »Du führst einen Prozeß? Gegen wen?«

»Dalkon Shield.« Sie sagte das mit einem gewissen Anflug von Stolz und Befriedigung.

»Was ist denn Dalkon Shield?«

»Da hast du noch nichts von gehört?«

»Nö, was ist denn das?« Ich dachte, es klänge vage nach irgendeinem Haushaltsgift, für das ich Werbung im Fernsehen gesehen hatte.

»Das ist ein Intrauterinpessar, weißt du, Geburtenkontrolle. Biste sicher, daß du nichts davon gelesen hast oder so? Wurde vor ein paar Jahren auf *60 Minutes* drüber berichtet.«

»Ich hab was von Mädchen gehört, die an ihren Tampons gestorben sind.«

»So was in der Art ungefähr. Ein paar Frauen sind dran gestorben, und deren Familien sind die vorrangigen Fälle, die mit den höchsten Schadensersatzforderungen. Ich komm kurz danach, aber ich hab neun Jahre drauf warten müssen, daß sich da was tut. Neun Jahre. Kannst du dir das vorstellen? Ich will bloß haben, was mir zusteht, weißt du? Aber alle, die das jemals benutzt haben, springen nun auf den fahrenden Zug auf und versuchen dabei abzusahnen, ganz egal, ob die geschädigt wurden oder nicht. Die verlangsamen die ganze Geschichte für diejenigen Betroffenen, denen wirklich was passiert ist, so wie mir. Und kannst du dir vorstellen, daß die Familien der toten Mädchen jetzt schon neun Jahre warten?«

Sie drückte zum dramatischen Abschluß ihrer Frage die Zigarette aus, und ich nippte an meinem Bier. Sie ging los, um die Leute an dem Tisch zu bedienen, die nach ihr riefen, und ich stierte die Zigarette im Aschenbecher an. Ich dachte an meinen Vater und was er mir von einem verrückten (*meschuggen*) Rabbi erzählt hatte, der seine Zigaretten ausdrückte und dann unter größter Konzentration die Stummel mit seinem geschärften Daumennagel in Drittel zerschnitt. Mein Vater sagte: »An der Art und Weise, wie er seine Zigarette ausdrückte, konnte man erkennen, daß er nicht ganz normal war.« Seither hab ich immer überprüft, ob irgendwer das genauso machte, das ist mein privater Geheimagententest für Geistesgestörte. Aber Joys Zigarette war so weit in Ordnung, sie war sogar mehr als in Ordnung, es war ein bißchen Lippenstift dran. Ich fragte mich, was ihr wohl mit dem Dalkon Shield passiert war, und ich hatte so das Gefühl, sie wollte es mir erzählen. Als sie wieder an die Theke zurückkehrte, fragte ich sie also.

»Falls es dir nichts ausmacht, es mir zu erzählen: Was genau ist mit dir passiert?«

Sie stützte sich mit den Ellbogen auf den Tresen, holte Luft und erzählte mir ihre Geschichte.

»Also, ich war so um die achtzehn, jetzt bin ich vierunddreißig, und das ist so verdammt bescheuert, weil ich damals nämlich dachte, ich wär lesbisch. Ich hatte sogar eine Freundin und stellte mit Männern absolut nichts an, aber trotzdem hatte ich dieses Verhütungsdings. Eines Abends wurde ich fiebrig, und ich dachte, ich würde krank, also legte ich mich hin, aber dann fingen plötzlich Krämpfe an, und meine Eltern mußten mich schleunigst ins Krankenhaus bringen, ich wohnte noch zu Hause... Ich wußte nicht, was zum Teufel da los war, aber die Schmerzen waren unglaublich, es brachte mich fast um. Ich fiel in Ohnmacht, als wir beim Krankenhaus ankamen, und ich wachte vierundzwanzig Stunden lang nicht wieder auf. Als ich dann wieder zu mir kam, war eine Krankenschwester im Zimmer, ich hatte diese ganzen Schläuche da in den Armen und fragte sie, ob mir der Blinddarm rausgenommen worden wär. Sie gab mir keine Antwort. Sie rannte einfach bloß raus und sagte: ›Der Doktor sagt das wohl besser.‹ Also kam dann der Doktor rein, und ich weiß noch, das war so, als würde der weit oben über meinem Bett schweben, der setzte sich nicht mal hin, ich mein, das wenigstens hätte er doch tun können, aber statt dessen fängt er an und erzählt mir was, von wegen das wär nichts weiter, bloß daß mein Pessar in mir drin zerbrochen wär, daß ich Glück hätte, noch am Leben zu sein, aber sie hätten mir alle meine weiblichen Organe entfernen müssen und ich wär jetzt auf Dauer steril und könnt nie Kinder kriegen.« Sie hatte richtig hastig geredet, aber jetzt nahm sie einen langen Zug aus ihrer Zigarette. »Diese Ärzte haben mich ausgenommen wie einen Fisch.«

Ich hatte Mühe, mein Bier runterzukriegen. Ich war sprachlos, das passiert nicht jeden Tag, daß man jemanden trifft, der einem so eine Geschichte erzählt. Ich stellte mir vor, wie irgend so ein Arzt seine Hand bis übers Handgelenk in sie reinsteckte und da mit einem Löffel oder einem Messer herumschabte, bis alles glatt und leer war wie eine hohle rote Murmel. Ich schaute ihr durch den Zigarettenqualm hindurch tief in die Augen und mochte sie mehr denn je. Jahrelang hatte ich nach einer Formulierung gesucht, die ausdrückte, wie ich mich fühlte, und nun hatte sie es so perfekt in Worte gefaßt, so schlicht und einfach: ausgenommen wie einen Fisch. Es hatte zu regnen aufgehört, und ich war erlöst, aber ich blieb, bis die Bar schloß, und in jener Nacht wurden Joy und ich ein Paar.

Sommerlager

ALS ICH DREIZEHN WAR, schickten mich meine Eltern ins Sommerlager. Das war ein Geschenk dafür, daß es bei meiner Bar-Mizwa im April zuvor so gut gelaufen war. Es war ein All-Sports-Camp in Pennsylvania, und ich bin mit einem Freund aus der hebräischen Schule hin. Wir übernachteten in einem großen Zelt mit vier anderen Jungen zusammen, und wir waren der Altersklasse der Dreizehn- und Vierzehnjährigen zugeteilt.

Es gab da eine Menge Spielfelder und einen großen See, und ich schaffte es beim Baseball und Fußball in die All-Star-Teams, aber der Sommer war der absolute Horror für mich, weil es bei mir mit der Pubertät noch nicht losgegangen war. Es waren fünfzig Jungen in meiner Altersklasse, und ich war der einzige, der noch kein Schamhaar hatte. Die rannten alle nackt im Duschtrakt herum, und ich stand da in Unterwäsche und putzte mir am Becken die Zähne. Außerdem gingen das Wettmasturbieren und der Austausch schmutziger Zeitschriften an mir vorbei. Jeden Abend betete ich, daß ich am anderen Morgen aufwachen und Haare an mir entdecken würde. Aber in dem Sommer spielte sich nichts dergleichen ab. Ich war gezwungen, um sechs Uhr morgens oder spätnachts zu duschen, und ich wechselte meine Klamotten, wenn die anderen Jungen in meinem Zelt schliefen. Ich lebte in der beständigen Angst, gesehen zu werden. Ich wurde als guter Sportler geschätzt, aber Freunde fand ich nicht. Der Junge, mit dem ich gekommen war, ging immer mehr auf Distanz.

Und dann, als der Sommer halb um war, kriegte ich diesen Ausschlag vom giftigen Efeu. Dennis, der leitende Betreuer, hatte die Töpfe mit Zinksalbe bei sich im Zelt. Er war der beliebteste Leiter in unserer Altersstufe und spazierte im Duschtrakt mit einer gewaltigen Erektion herum. Beim Mädchenlager auf der anderen Seite des Sees galt er als der bestaussehende Betreuer, und er war unser bester Softball-Spieler. Er war groß und muskulös mit dunklem, lockigem Haar und einem wunderhübschen weißen Lächeln. Dennis war in jenem Sommer wahrscheinlich so um die fünfundzwanzig. Ich ging eines Abends zu ihm, als das Jucken richtig schlimm geworden war und der ganze Körper vom Ausschlag befallen war.

Er sagte, er wolle mir helfen, es da aufzutragen, wo ich selbst nicht hinkam, aber wir sollten lieber zum Duschtrakt gehen, wo das Licht besser sei. Wir gingen also hinüber und dann hintenrum, wo die Toilettenkabinen waren. Keiner war drin, und Dennis ließ mich Hemd und Hose ausziehen. Ich stand da in meiner Unterwäsche, und er kniete vor mir. Er schraubte den Topf auf und fing an, mir die Salbe auf Bauch und Beinen aufzutragen. Mich überkam ein irgendwie ekliges Gefühl, das in fast jede erotische Erfahrung reinspielen sollte, die ich später machte. Er sagte: »Da hast du's auch, oder?«

»Bin mir nicht sicher«, sagte ich.

»Na, dann wollen wir mal sehen«, sagte er und zog mir die Unterwäsche runter. Ich war entsetzt, ich wußte, daß ich einen kleinen Penis hatte.

»Ich bin nicht sonderlich groß, schätz ich«, sagte ich.

»Mach dir nichts draus«, sagte Dennis, »hast ja noch massenhaft Zeit zu wachsen.«

Er war der einzige Mensch, der mich in jenem Sommer nackt zu sehen kriegte, und er war nett zu mir. Er nahm ein bißchen von der Salbe und trug sie leicht auf meinen Penis auf. Dann hörten wir jemanden draußen auf dem Kies, und Dennis zog meine Unterwäsche wieder hoch und rieb mir was von der Salbe auf die Schultern. Ein Junge kam rein und benutzte eine von den Toiletten. Dennis sagte, ich solle mich wieder anziehen, und er gab mir den Topf Zinksalbe, so daß ich selber welche hatte, und er brachte mich zu meinem Zelt zurück, seine Hand in meinem Nacken.

Ich fühlte mich ein bißchen komisch mit dem, was an jenem Abend passierte, und deshalb hielt ich mich von Dennis fern, aber ich hoffte auch irgendwie, daß er mir trotzdem mehr Beachtung schenkte und mich zu einem seiner Lieblinge machte; tat er allerdings nicht. Dann, gegen Ende des Lagers, hatte er eines Abends Wache und saß am Feuer. Ich kam mit meinen Zeltgenossen von einer Filmvorführung, und er rief mich rüber. Als ich näher kam, flüsterte er mir zu: »Ist deine Stimme schon anders geworden?« Und ich wußte, was er meinte, ich wußte, worauf er hinauswollte, aber ich tat so, als wüßt ich's nicht, ich sagte: »Sie versagte ein paarmal beim Singen, als ich meine Bar-Mizwa hatte.«

»Das passiert jedem«, sagte er, »aber ändert sich deine Stimme jetzt?«

»Nein, noch nicht«, sagte ich, und das war mir ziemlich peinlich.

»Das ist okay«, sagte er, und wir schauten beide ins Feuer. Dann sagte er: »Du gehst jetzt besser in die Falle, ist Zeit zum Schlafen.«

Das Ferienlager war ein paar Tage später zu Ende, und ich bin nie wieder hin. Mein Freund aus der hebräischen Schule allerdings ist noch mehrere Jahre lang wieder hingefahren. Er wurde ziemlich gut in Basketball, und am Ende eines Sommers traf ich ihn in der Schule, und er erzählte mir, Dennis sei aus dem Lager geflogen. Das sei der große Skandal des

Sommers gewesen. Dennis war in den Duschen überrascht worden, wie er zwei Jungen einen blies.

Seither muß ich oft daran denken, daß Dennis das Lager wohl in Schimpf und Schande verlassen hat. Und ich hab an ihn gedacht, wie er irgendwo da draußen in der Welt herumläuft, und hab mich gefragt, ob ich ihn wohl jemals wiedersehe. Manchmal hab ich mir erlaubt, das in meinem Kopf auszumalen. Ich stell mir vor, wir treffen uns irgendwo auf der Straße oder in einem Restaurant, und er sieht aus wie damals, und ich geh zu ihm hin, und dann sag ich: »Dennis, meine Stimme hat sich verändert.«

Ich war in der U-Bahn, auf dem späten Heimweg vom Four Seasons, und ein Schwarzer hielt sich an der Stange vor mir fest und sagte zu den Leuten im Waggon: »Ich hab euch eine Geschichte zu erzählen. Bitte hört mir zu. Ich fiel auf die Schienen und wurde durch Stromschlag hingerichtet und verbrannt. Und die Bullen waren diejenigen, die mich gestoßen hatten, und sie behaupteten, ich wär gelaufen, um vor ihnen abzuhauen, und wär dann gefallen. Sie haben gelogen, und jetzt fehlt mir das halbe Gesicht. Ich hab ein Ohr verloren. Ich brauch Geld für eine Operation.« Er sprach gut und er hielt sich ein dreckiges Handtuch ans Gesicht und ich konnte ein Hauttransplantat erkennen, das seine Wange bedeckte, und an den Ecken löste es sich ab und ich konnte Blut sehen. An derselben Seite seines Kopfes fehlte ihm das Ohr, da waren bloß Stiche und ein Loch. Er sammelte Geld in einem Hut mit dem Emblem der Mets und ging dann zum nächsten Waggon.

An der nächsten Haltestelle stieg eine dreiköpfige Latino-Familie zu, und die Mutter war schwanger. Der Vater bettelte auf spanisch, aber es kam nicht viel Geld zusammen, sie wußten nicht, daß der andere Typ in unserem Wagen gewesen war, und dessen Vorstellung war schwer zu toppen. Ich wollte ihnen erklären, warum die Leute nichts gaben, aber sie sprachen kein Englisch.

Ich stieg an der Spring Street aus und ging an den Lebensmittelläden der Latinos vorbei, die spät am Abend noch auf sind. Die Leute waren draußen und schwitzten und gingen umher und hörten sich die Merengue-Musik an und sie warteten drauf zu explodieren und sich gegenseitig in die Klauen zu kriegen, alle waren sie so sexy und viril in ihren billigen Klamotten und ich fragte mich, wie man das noch um einen Zacken anheizen könnte, wie man das zusätzlich anstacheln könnte, und überall lehnten sich Frauen an Männer, die sich an Autos lehnten, und dann kam ich in die Bowery Street und war wieder ruhiger. Ich fühlte mich einsam, und ich dachte an Joy, und ich wünschte mir, sie würde sich die Beine rasieren. Ich ging Richtung Delancey, und ein Penner war weggetreten, lag neben einem Gebäude, und ich sah, daß er keine Arme hatte und eine Blechdose um seinen Hals gebunden war, für milde Gaben. Ich erreichte die Ecke und wartete, daß die Ampel umsprang, und ich dachte mir im stillen: Menschen ohne Hände können nicht mal richtig betteln.

Ethan

ICH FRAGE MICH, ob ich wußte, was Einsamkeit ist, als ich Ethan kannte. Er war vierzehn Jahre lang mein bester Freund. Ich weiß immer noch, wie ich ihn zum ersten Mal sah, wir waren beide drei, und wir waren die jüngsten aller Kinder aus der Nachbarschaft, darum wurden wir zusammengesteckt, als eines Tages alle Eltern ihre Kinder mit zu Ethan nach Hause brachten. Ich weiß noch, man sagte uns, wir sollten uns bei den Händen fassen, sollten zusammenbleiben, also versteckten wir uns vor den großen Kids, wie wir sie immer nannten, unter dem gemauerten Grill hinten auf dem Hof. So fing das alles an, aber wie es aufhörte, weiß ich nicht mehr, denn da gab's kein letztes Mal in der Art eines ersten Mals, einfach bloß ein langsames Ausblenden.

Wir wuchsen auf dem großen See hinter unserem Haus auf, und wir lernten, alles gemeinsam zu machen. Jeden langen Sommer und jedes Wochenende waren wir unzertrennlich. (Ethan ging in der Woche auf die katholische Schule, darum sah ich ihn dann nicht, und der Sommer, wo ich im Ferienlager war,

war der einzige, den wir nicht gemeinsam verbrach-
ten.) Er war immer viel kräftiger gebaut und viel
schwerer als ich, und er hatte Olivenhaut und braune
Haare – und ich war blaß und weiß mit langem roten
Haar. Und wo er stark war, war ich schnell, deswegen
ergänzten wir einander gut. Wir riefen einander jeden Tag an, und wenn ich scharf nachdenke, fällt
mir immer noch seine Telefonnummer ein, 55-3454,
und wir sagten dann immer: »Was haste so vor?«
»Keine Ahnung, was hast du 'n so vor?« So in dieser
Art ging das immer hin und her, ohne daß etwas dabei rausgekommen wär, aber das machte mir gar
nichts aus, ich liebte es, mich mit Ethan zusammen
zu langweilen.

Unser Reich war unser See, und alles in unserer
Nachbarschaft hatte ein *der* oder *die* oder *das* davor,
als gäbe es auf der weiten Welt bloß einen großen
See und bloß eine Insel, *die* Insel, und bloß ein Feld,
das Feld. Auf dem großen See fischten und ruderten
wir, und schwimmen gingen wir im kleinen See, den
der große See über den Wasserfall speiste. Am
Strand des kleinen Sees bauten die Mütter jeden Tag
an derselben Stelle ihre Strandstühle auf, um uns im
Auge zu haben, und ich weiß noch, wie sie aussahen
in ihren Badeanzügen. Ethans Mutter saß immer
nervös im Schatten, und meine Mutter schwamm
viel herum, ihre langen Haare oben auf dem Kopf
hochgesteckt, damit sie nicht zu naß wurden. Und

als Ethan und ich noch klein waren, buddelten wir jeden langen Nachmittag Löcher am Rand des Ufers, und ein Loch war gut, wenn man an den weichen Lehm untendrunter rankam, der sich schlüpfrig zwischen den Fingern anfühlte. Als wir älter waren, bestand das große Ziel darin, zum Anleger zu schwimmen, und Ethan war der erste von uns, der das schaffte, aber ich war der erste, der tauchen konnte.

Wir alle liebten den kleinen See, aber heute geht da niemand mehr baden, und ein paar Jahre lang war mein Vater der einzige, der da hinging. Dann lag er da rum und verschlief den späten Nachmittag, nachdem er den ganzen Tag gefahren war. Er hat immer geschlafen, wo er gerade war, darum hat er sozusagen auch kaum gemerkt, daß er allein war, aber nach einem Weilchen hörte auch er auf, da hinzugehen. Wenn ich heute mal zu Hause bin, geh ich manchmal zum Strand runter und sitze da auf der einen Bank, die nicht kaputt ist, und dann schau ich zu der Stelle im See, wo früher der Anleger war. Und als Ethan und ich auf der High-School waren, kamen wir hier raus und saßen auf dieser Bank, wir warteten darauf, den Führerschein zu kriegen, und Ethans älterer Bruder hatte uns erzählt, wenn wir lange genug hier sitzen würden, könnten wir die Frau auf der anderen Seite vom kleinen See beobachten, wie sie im Badezimmer ihre Brüste betrachtet. Wenn ich heute nach Hause fahre, dann setz ich mich da also hin und werf immer noch einen Blick hinüber, denn obwohl ich viele Sachen gemacht hab, das hab ich nie gemacht.

Am Strand entlang, abgeteilt durch eine Baumreihe, erstreckt sich das Feld, wo Ethan und ich Baseball und Bolzen spielten. Der Stein, der das zweite Base darstellte, ist noch da, aber alle anderen Bases sind verheilt, das waren so Schlammlöcher, und inzwischen ist das Gras wieder drübergewachsen. Wenn ich heute zum Feld runtergehe, dann stell ich mich auf das zweite Base, und ich wünsch mir, ich hätte ein paar Leute, mit denen ich spielen könnte. Manchmal steh ich auf dem Hügel des Werfers und gehe ein paar Bewegungsabläufe durch, aber ich glaube nicht, daß mich jemand dabei beobachtet hat, und ich weiß noch, wenn Ethan und ich rumgebolzt haben, dann flog ihm immer der Schuh davon, und die silbernen Platten, die er als Einlagen trug, flogen ebenfalls davon. Es gab eine Zeit, da haben sie ihm seine Füße nachts in Metallstiefel gespannt. Wenn ich zu ihm nach Hause rüber bin, hab ich meine Füße auch mal reingesteckt, und man konnte sich darin gar nicht bewegen, er mußte jede Nacht flach auf seinem Rükken schlafen.

Wenn Ethan und ich nicht unten auf dem Feld waren oder in dem kleinen See schwammen, dann angelten wir auf dem großen See, und er verstand sich darauf, Knoten zu machen und die Würmer so am

Haken zu befestigen, daß sie nicht runterfielen. Er erledigte die Arbeit für uns beide, aber ich war derjenige, der immer Glück hatte, und ich glaube, das ging ihm gegen den Strich. Das letzte Mal, als ich zu Hause war, schnappte ich mir das Ruderboot, das Ethan und ich immer benutzten, und Angeln mag ich nicht mehr, aber vom Wasser aus kann ich Ethans Hinterhof sehen. Seine Familie ist vor sieben Jahren weggezogen, und ich mag die Rückansicht des Hauses, es gab eine Zeit, da kannte ich es genauso gut wie unser eigenes. Ich hab manchmal überlegt, ob ich die neuen Bewohner nicht fragen soll, ob sie mich mal reinlassen, daß ich mich da umschaue, ich möchte das alles gern mal wiedersehen, aber dann hätte ich auch gern die alten Möbel wieder an Ort und Stelle. Draußen vor der Küche ist ein kleiner Innenhof, und im Sommer saßen Ethan und ich zum Essen immer draußen und spielten da Tausende von Rommépartien. Und weiter hinten auf Ethans Grundstück steht eine Bank, und da setzten wir uns dann im Winter hin und schnallten unsere Kufen unter und stöckelten die paar Schritte zum Rand des Sees runter und liefen den ganzen Tag Schlittschuh. Und als wir noch richtig klein waren, spannte mein Vater meinen Hund Nicky vor einen Schlitten, und er zog uns aufs Eis, und Ethan und ich krallten uns voller Todesangst fest und kreischten, was das Zeug hielt.

Ich starrte ein Weilchen auf den Hinterhof und

ließ das Boot langsam dran vorbeitreiben, ich bewegte die Ruder ein bißchen, ich wollte nicht, daß irgendwer auf die Idee kam, ich würde da rumspionieren, und das nächste Haus nach dem von Ethan ist das Haus von den Quaids und steht jetzt wieder zum Verkauf. Es war der Anleger von den Quaids, wo ich Ethan meinen Angelhaken ins Kinn schleuderte, und ich schwor Stein und Bein, daß es keine Absicht war, und ich schnitt die Angelschnur ab, und wir liefen zu seiner Mutter, er noch mit dem Köder im Gesicht, und das Blut rann ihm zwischen den Fingern hervor, die er an die Stelle hielt, und er heulte, und sie kreischte und sauste mit ihm zum Doktor. Ich bin nicht mitgefahren, und ich sammelte die Ruten ein, und ich hatte gewußt, daß er hinter mir war, als ich ausholte, ich hatte ihn aus meinem Augenwinkel gesehen, und ich hätte den Wurf abbrechen sollen und tat's nicht, ich spürte, daß ich etwas einfach geschehen ließ, und ich werd nie wissen, warum. Wir haben die Sache beide mit der Zeit wieder vergessen, und er vergab mir, und die Narbe war nicht so schlimm, aber er denkt ganz sicher manchmal an mich, wenn er sich rasiert.

Ich blickte am Quaidschen Anleger vorbei zum Quaidschen Haus hoch, und die sind sogar noch vor Ethans Familie weggezogen, und seither hat nie mehr jemand lange in dem kleinen gelben Haus gewohnt. Die Quaids waren Alkoholiker, und Ethan und ich kriegten Anweisung von unseren Eltern, wir sollten uns von denen fernhalten, und die hatten einen ganzen Haufen wilder Kinder, und der Geruch vergangener Prügel muß immer noch in den Wänden hängen. Niemand ist jemals in dem Haus glücklich gewesen, und mir erscheint das sinnvoll, Nachbarschaft kann sich nur in Maßen verändern.

Ich ruderte jetzt ein bißchen schneller, ganz bis ans Ende vom großen See, und zog das Boot an Land. Ich warf einen Blick zurück über das Wasser und die Bäume, die sich darüberlehnten, und ich konnte Ethans Hinterhof erkennen und weiter drüben meinen eigenen. Ich kannte sämtliche Namen, und jeden Sommer versammelten sich die ganzen Leute vom See zu einem gigantischen Picknick unten auf dem Feld. Ethan und ich liebten das Picknick, es wurden Spiele für die Kinder veranstaltet und Preise verteilt, und wir warteten immer den ganzen Sommer darauf, daß es soweit war, und jetzt hat's das schon seit zehn Jahren nicht mehr gegeben, aber ich erwarte noch immer, daß alles wieder so wird, wie's mal war, und daß wir wieder ein großes Picknick machen, aber das geschieht nie. Und darum versuche ich jetzt, mir darüber klar zu werden, wann alles erwachsen wurde, wann alles zu Ende ging. Ich meine, wie kommt es, daß ich immer noch meine, das Quaidsche Haus sei das Haus von den Quaids? Wie kommt es, daß ich immer noch meine, Ethan sei mein bester Freund, und dabei hab ich ihn seit sieben Jahren nicht mehr gesehen?

Ich stieg wieder ins Boot, und ich ruderte zum Haus zurück, und ich machte das Boot fest. Ich ging rein und war irgendwie angespannt, ich hatte seinen Hinterhof gesehen, und ich hatte den Quaidschen Anleger gesehen, aber ich brauchte noch was von ihm, also fing ich an, nach den Kartons mit Bildern zu suchen, die meine Mutter aufbewahrt hat, die hatte ich jahrelang nicht mehr angesehen. Ich fand sie in dem großen Schreibtisch im Wohnzimmer, und es waren Bilder von Ethan und mir dabei. Es war gut, daß ich da Belege in die Finger kriegte, und in mancherlei Hinsicht geht's wirklich bloß darum, man will den Beweis haben, daß es alles wirklich passiert ist, so wie da das zweite Base ist, dieser Stein, wo man sich draufstellen kann. Und ganz unten in dem einen Karton entdeckte ich ein paar Fotos, mit denen ich eine Menge Sachen auf die Reihe kriegen konnte. Das waren Bilder von Ethan und mir, wie wir die alten Hüte und abgetragenen Klamotten meines Vaters trugen, und unsere Gesichter waren mit Dreck verschmiert. Zuerst kam ich nicht drauf, was das sollte, und dann fiel mir wieder ein, daß wir immer ein Spiel gespielt hatten, das wir Penner nannten. Wir lagen stundenlang im alten Laub nahe der Straße über unserem Haus herum und machten uns so dreckig, wie wir wollten, und taten absolut gar nichts.

Wir dachten, es sei toll, so zu leben wie die Penner, und wir trugen diesen Putz sogar zu Halloween. Ich sah mir diese Pennerbilder an, und Ethans Augen waren glücklich, und es war fabelhaft, daß ich Penner offensichtlich mein Leben lang sehr gemocht habe, und ich hatte gedacht, das wär bloß so eine neue Liebhaberei von mir.

Vor Aids, als Herpes noch die große Sache war, hatte ich ein paarmal Probleme mit Geschlechtskrankheiten. Der Herr Einkaufsbummler und ich gingen normalerweise zusammen zu der Spezialklinik für solche Sachen. Das war besser, als allein hinzugehen. Wir saßen dann da auf den Plastikstühlen und musterten die Bilder an den Wänden. Das waren stark vergrößerte Farbaufnahmen, die zeigten, was mit Männern und Frauen passierte, mit ihren Penissen und Vaginas, wenn das nicht behandelt wurde. Die Organe waren rosig und rot und mit Schorf und Narben überzogen, geschwollen und kaputt, gar nicht mehr als solche erkennbar. Normalerweise waren wir höllisch nervös, wenn wir in die Klinik gingen, immer so ein paar Wochen nach einem unserer nächtlichen Züge durch die Gegend (im allgemeinen warteten wir einundzwanzig Tage ab, um möglichen Infektionen Gelegenheit zu bieten auszubrechen), und in neun von zehn Fällen hatten wir gar nichts. Wir hatten Glück. Und noch mehr Glück hatten wir, als die Huren schließlich anfingen, Kondome zu benutzen. Trotzdem holte ich mir ein paar Male was weg.

Einmal hatte ich eine Warze im Genitalbereich, und der Arzt in der Klinik schickte mich zu einem Dermatologen. Und der Dermatologe hatte eine Brille auf mit Vergrößerungsgläsern und einem Lämpchen in der Mitte, so ähnlich wie ein Bergarbeiter, und untersuchte mich damit und sagte, er müsse den Bereich mit einer Spritze betäuben, bevor er die Warze mit Stromstößen wegschmoren könne. Er setzte mir eine Spritze in den Penis, und es war, als wollte der Schmerz gar nicht wieder aufhören. Ich versuchte, an israelische Soldaten zu denken, was ich bei Schmerzen immer tue, seit ich klein war, und genau in dem Moment, als ich dachte, ich stürbe, zog er die Nadel raus. In gewisser Weise war das ein schönes Gefühl. Ein anderes Mal kriegte ich einen Ausschlag, der nicht ungewöhnlich ist bei Leuten von der Straße, und es bildeten sich winzige Bläschen, und ich mußte wieder zu dem Dermatologen, und er nahm irgendeine Flüssigkeit, die kalt war, aber irgendwie brannte.

Aber jetzt bin ich sauber. Diese ganzen Krankheiten sind wieder weg, und heute bin ich um einiges vorsichtiger. Ich hab immer noch ein paar kleinere Narben, aber die sieht man nachts nicht, im Dunkeln, in meinem Bett.

Show World

AN DIESEM EINEN TAG im August war es so heiß, daß es sogar, wenn sich mal ein kleines Lüftchen erhob, so war, als stünde man hinter einem Bus mit laufendem Motor. Ich bin zur Williamsburg Bridge rüber, weil ich dachte, vielleicht wär's da im Schatten und in der Nähe des Wassers kühler, aber das taugte alles nichts. Ich glotzte einfach bloß auf das Muskelspiel der Strömung im East River und sah, wie das braune Wasser vor Müll und Schadstoffen schäumte, und der Dampf, der davon aufstieg, war schlimmer als die Straße. Ich ging vom Fluß weg und wieder die Delancey hoch und blieb bei Ratner's stehen, dem einzigen übriggebliebenen Zeugnis der einstmals großen jüdischen Bevölkerung in diesem Teil der Lower East Side. Es war zehn Uhr am Morgen, und ich bestellte *Kascha Warnischkes,* und ich beobachtete das alte, leberfleckige Pärchen gegenüber dabei, wie es seine Crêpes mit Hüttenkäse aß. Da drinnen war es schön kühl, und wenn ich eine Zeitung gehabt hätte, wäre ich vielleicht ein Weilchen geblieben und hätte noch mehr von dem Challah-Brot gegessen, das es gratis gab; aber unter den gegebenen Umständen war ich um Viertel vor elf schon wieder aus dem Laden raus und kam mir ganz schön toll vor, weil ich der alten Dame an der Kasse gerade ein paar Brocken Jiddisch zugeworfen hatte. Es zauberte ihr ein breites Lächeln auf das Gesicht, als ich »*Zai gesunt*« sagte, und ich kam mir vor, als würde ich millionendollarschwer aus der Tür stiefeln. Aber zwei Schritte den Block entlang schlugen mir Hitze und Sonne schon wieder ins Gesicht. Es war mein freier Tag, und ich sehnte mich danach, irgendwo hinzugehen, wo ich den ganzen Tag in wohlklimatisierter Umgebung hocken konnte, bis die Sonne unterging und die Stadt sich so weit abkühlte, daß man die Luft wieder atmen konnte und nicht essen mußte. Ich wußte, ich konnte in eine Show gehen, aber ich wollte nicht so viel Geld ausgeben, und da hatte ich die Idee – die öffentliche Bibliothek auf der Fifth Avenue. Ich könnte lesen und mir die Mädchen ansehen, und es würde mich nichts kosten außer dem, was ich bereits an Steuern dafür bezahlt hatte. Ich nahm die U-Bahn Richtung Uptown.

Ich quetschte mich mit all den anderen Leuten in die Nummer 5 und stieg an der Endstation Grand Central aus. Dort wimmelte es überall von eiligen Pendlern und ich stieg an die Oberfläche und die Sonne knallte immer noch und ich hasse es, zuviel Sonne abzukriegen, weil ich schiele und Angst hab, ich könnte mir Krebs an den Augenlidern einfangen. Tausende von Büroangestellten trampelten die Zweiundvierzigste hoch, und allen sickerte der Schweiß durch Hemden und Blusen. Ich schlängelte mich in den Menschenstrom hinein, der sich Richtung Westen bewegte, ich wollte zur Fifth Avenue und der Bibliothek, aber es ging nur langsam voran, und die Straße war mit qualmenden Bussen und Autos übervoll, und die Hitze trieb mich noch in den Wahnsinn. Ich konnte nicht an mich halten, ich fluchte auf alles und jeden, ich kreuzte sogar die Arme, so daß es aussah, als hielte ich mich selber umschlungen, aber in Wahrheit versteckte ich bloß meine Stinkefinger in den Achselhöhlen, und ich ließ meine Schultern rotieren und erklärte der ganzen Straße ein beständiges stummes *Fuck you.* Die Temperaturen heutzutage sind nicht mehr normal und die Verursacher sind wir und die Leute kreischten und die Hupen und Sirenen kreischten und meine Finger bohrten mir Löcher in die Haut, ich hatte das Gefühl, ich würde verkochen, und ich glaube, ich muß zwei Straßenzüge lang blind gewesen sein, denn plötzlich war ich an der Treppe zur Bibliothek. Ich rannte zum Eingang hoch und wirbelte durch die Drehtüren ins Foyer, wo die Klimaanlage mich rundum abküßte und hallo zu mir sagte.

Ich schlitterte mit meinen Füßen wie auf Kufen über den kühlen, glänzenden Marmorfußboden, und ich stieg auf den breiten Treppen zwei Stockwerke höher zur holzgetäfelten McGraw Rotunda mit ihrer hohen Decke. Man konnte das New York da draußen nicht mehr hören, und ich legte den Kopf in den Nacken und besah mir das Himmelsgemälde an der Decke. Dann bog ich links in den Lesesaal, und da drin war's beinahe kalt, und ich schritt den langen Mittelgang mit den vielen Tischen entlang, der Saal ist ein halbes Footballfeld lang, und ich sackte in einen harten hölzernen Stuhl und ließ den Kopf auf die Tischplatte sinken. Nach einem Weilchen richtete ich mich wieder auf, und mein Hirn rappelte nicht mehr allzu schlimm, und ich dachte, vielleicht könnte ich nach einem Buch fragen, einem guten Krimi, als diese große norwegerhafte Blondine vorbeispazierte, und es sah aus, als hätte sie Zehnpfundgewichte in den Brüsten, und die sprangen richtig vom Körper weg, und ich verdrehte mich ruckartig auf meinem Stuhl, als hätte mir wer einen Sack Vierteldollarmünzen an den Kopf geknallt. Die ganzen anderen Perversen beobachteten sie ebenfalls, der Lesesaal ist immer voll von denen, Homos und Heteros, und ich spürte, wie meine schönsten Lebensträume irgendwo in der Nähe meiner Oberschenkel zirkulierten, und mir wurde ganz schlecht und übel.

Sie trug ein schmales Oberteil mit einem weißen Büstenhalter darunter, der sich in Gestalt eines raffinierten, verirrten Halters an ihrer runden, glatten

Schulter präsentierte. Sie trug ein Paar Shorts, die ihr bis halb über die Oberschenkel reichten, und sie war rund einsachtzig groß, bestand bloß aus feinen Muskeln und einer Tänzerinnenfigur, alles darauf abgestimmt, diese wunderschönen Brüste noch besser zur Geltung zu bringen. Sie trug kein Make-up und war absolut rein, ein geflochtener honigfarbener Zopf reichte ihr bis halb den Rücken runter. Sie setzte sich bloß einen kleinen Augenblick hin und ging dann zurück nach vorn zum Ausgabeschalter und wurde dort zum Katalogsaal zur Rechten verwiesen, und als ich sie nicht mehr sehen konnte, wollte ich zu ihrem Tisch rüberlaufen und mein Gesicht auf ihren Stuhl drücken und es an der Holzfläche reiben. Aber ich riß mich zusammen, und sie kehrte zurück und setzte sich hin, um ein Weilchen ernsthaft zu arbeiten.

Sie nieste einmal, und ich beneidete den jungen Mann, der ihr gegenübersaß und Gesundheit sagte. Sie dankte ihm, und dann, ein paar Minuten später, zog sie eines ihrer Knie hoch und drückte es sich an den Brustkorb und lehnte sich vornüber zum Lesen. Eine kleine elfenbeinfarbene Spalte enthüllte sich mir und auch ein leichter Schatten, der sich an der Innenseite ihres Oberschenkels in die Shorts raufzog. Ganz in Gedanken zwirbelte sie einen Bleistift zwischen den Fingern, und ich konnte mich nicht davon losreißen, sie anzustarren. Sie war eine Fata

Morgana in Menschengestalt, sie verkörperte alles, was weit jenseits von Sex lag und mir bisher versagt geblieben war. Statt bei mir einen Ständer hervorzurufen, trocknete sie mich aus und hungerte mich aus, ich wußte nicht, würde ich auf dem Boden zusammensinken oder zu ihr rüberspringen und irgendein Verbrechen begehen, über das ich keine Kontrolle mehr hatte.

Der ganze Tag kam mir hoch, ich konnte es draußen in der Hitze nicht aushalten, aber ich konnte es auch nicht dort aushalten, wo ich dieses Mädchen vor Augen hatte, tatsächlich kam es mir so vor, als könnte ich keine dreißig Sekunden mehr in ihrer Gegenwart ertragen. Ich hätte in den Zeitschriftenlesesaal gehen können, aber ich wollte nicht mal im selben Gebäude sein wie sie. Ich erhob mich von meinem Sitz, und fast rannte ich hinaus, ich fragte mich, ob sie was mitkriegte, aber ich sah nicht hin, und ich ging durch die stillen, kühlen Marmorgänge und die weißen Treppen hinunter, bis mich die Drehtür wieder nach draußen wirbelte und ich zwischen den griechischen Säulen über der Fifth Avenue in dem Dampfbad stand, das die Mittagsstunde war.

Es blieb mir nur noch ein klimatisierter Ort, an den ich konnte, und ich rannte los, und wenn ich nicht geschwitzt hätte, hätte ich heulen können. Ich spürte, wie es an mir zog, und ich lief die drei Straßenzüge quer durch die Stadt und entrichtete meinen Dollar, kriegte vier Chips dafür und trat in die *Show World* ein.

»Na, kommt schon, Männer, heiße, saftige Muschi, flutscht erstklassig, bumsen und blasen, wunderschöne Mädels mit wunderschönen Muschis, Mädels auf Mädels, Mädels auf Jungs, saftige, saftige Vaginas, einen hoch, einen runter, Live-Sex, worauf warten wir, Schwänze in Fotzen und Titten und Muschii, Muschiii, Muschschiiii!«

Ich war mit den anderen Männern im vorderen Raum, es war viel los da, weil es Mittagszeit war, und die Klimaanlage lief auf Hochtouren, und die bunten Birnen blitzten, und ich ging entlang an der Wand, an der die Dildos, Dildos mit zwei Schwengeln, Vaginaimitate, Vibratoren, hydraulische Penisverlängerungen, anschnallbare Gummibrüste, Peitschen, Gürtel, Ledermasken, Monatsbinden und Gummipuppen hingen, hinüber zu den bebilderten Hochglanzzeitschriften, mit denen sich normalerweise alle auf Touren bringen. Ich überflog die Titel, Schwarze Fotze, Rasierte Fotze, Sex mit Tieren, Bi-Girls, Blonde Girls, Asiatische Lüste, Anale Freuden, Weibliche Dominanz, Big Babys, und ich schnappte mir ein Heft, das Supergroße Titten hieß. Ich überflog die Bilder, aber die Brüste waren alle scheußlich, schwabbelig und breit, und ich legte das Heft wieder zurück, griff mir dann eines namens TV-Action. Darin waren Bilder von Transsexuellen vor der Operation, die noch ihre Penisse hatten und echte Frauen ficken konnten und gleichzeitig ganz anmutig einen BH trugen. Ich legte das auch zurück und berührte aus Versehen den Arm des Mannes neben mir. Er trug einen billigen dunklen Anzug, und seinen Schlips hatte er sich gelockert, und er sagte zu mir: »Achtzehn Jahre in Peep-Shows und immer vor Frauen abgespritzt.« Dann rief der Mann mit dem Lautsprecher uns allen zu: »Die Zeitschriften sind zum Kaufen da, Jungs, nicht bloß zum Lesen, sind hier keine Bücherei.« Also schlurfte ich zu den Filmboxen davon und sagte gar nichts zu dem Typen. Ich bin jetzt seit ein paar Jahren mehr oder weniger regelmäßig in Peep-Shows gewesen, und dies war das erste Mal, daß mich jemand angesprochen hat. Niemand sucht Blickkontakt oder sagt was, es sei denn, man will jemanden aufreißen, und dieser Typ da wollte niemanden aufreißen.

Ich schüttelte diese Geschichte ab und ging an den Filmboxen entlang auf der Suche nach irgendwas, was mir gefiel. Ich folgte einem Gang, und es war halb dunkel, und ich achtete darauf, daß mir niemand nachkam, und die Filme wurden an den Türen mit einem kleinen Bildchen und einer Kurzbeschreibung vorgestellt, und ich suchte mir einen namens *Frauen im Knast* aus. Ich betrat die Box, ungefähr so groß wie ein Beichtstuhl oder ein Wandschrank, und ich stemmte mich gegen die Tür, weil sie kein Schloß hatte. Ich schob zwei Chips ein, und der Film fing an, und ich holte meinen Penis raus. *Show World* ist eine Peep-Show auf der Höhe der Zeit, und der Film flimmerte über einen kleinen, in die Wand eingelassenen Bildschirm, und die Handlung ging einfach da weiter, wo die Chips des letzten Typen zu Ende gewesen waren. Eine geschäftige Gefängniswärterin steckte ihren Gummiknüppel durch die Gitterstäbe einer Zelle, und eine nackte Blondine lutschte dran. Ich streichelte mich, und ich bemerkte aus dem Augenwinkel, daß eine Hand durch ein kleines Loch in der Wand dicht bei meinem linken Bein hindurchfingerte und greifende Bewegungen machte. Ich stopfte meinen Penis in die Hose zurück und verschwand aus der Box, bevor meine beiden Chips verbraucht waren, womöglich war das sogar der Typ in dem Anzug.

Ich stieg in den ersten Stock hoch, wo man für einen Zwei-Dollar-Chip übers Telefon mit einer Frau sprechen und sie sich in einer gläsernen Zelle ansehen kann. Normalerweise hol ich mir in einer der Filmboxen oder in einer der Live-Sex-Boxen, wo man durch eine Glasscheibe zuschaut, einen runter, aber mir war danach, was anderes auszuprobieren. Die Frauen standen in Reizwäsche vorn in ihren Glaszellen, und haufenweise Männer latschten davor herum. Typen aller Art, wie man sie auf der Straße sieht, vom Geschäftsmann bis zu Touristen vom Hafenamt, kommen in die Peep-Shows, um ein bißchen zu relaxen. Ich gab meine zwei Chips in Zahlung und legte noch dreifünfzig drauf und erhielt zwei silberne Wertmarken und suchte mir eine ältere Schwarze aus, die grinste und lachte und so aussah, als hätte sie große Brüste unter ihrem Kimono. Ich sagte ihr, daß ich sie wollte, und sie holte mich rüber auf meine Seite ihrer Glaszelle und reichte mir ein Papierhandtuch, was ich ziemlich nett fand. Ich schloß die Tür hinter mir, ließ die Hosen runter, schob eine der Wertmarken ein und nahm den Hörer ab. Die Sichtblende ging langsam hoch und das Licht auf meiner Seite wurde gedimmt und sie war auf der anderen Seite der großen Glasscheibe und den Kimono hatte sie ausgezogen und ich war ziemlich aus der Fassung. Irgendwie hatte die dünne Stoffhülle ihren verdammt großen Bauch verborgen, und die Brüste waren zwar groß, wie ich erwartet hatte, aber die Nippel waren kaum erkennbare braune Flecken. Ich war enttäuscht, aber mein Penis war steif, und ich wollte kommen. Sie redete in ihren Hörer rein, und ich hörte an meinem zu.

»Baby, steck einfach 'n bißchen Geld in den Umschlag, den ich dir reinschieb, und wir können's uns richtig gemütlich machen.« Ein schmutziger Umschlag erschien in einem Sprung seitlich im Glas, und ich steckte einen Dollar rein und schob ihn zurück. Sie steckte ihn in ihre Handtasche und stieg dann auf einen Hocker und streckte die Beine in die Luft und spreizte sie und stützte die Hacken von innen an der Glasscheibe ab. Ich versuchte, was von ihr zu sehen zu kriegen, und ich konnte ein bißchen schwarzes Haar und ein bißchen was von den Lippen erkennen, aber auf dem größten Teil ihrer Vagina saß sie. Sie sprach über das Telefon auf mich ein.

»Komm schon, Baby, spiel mit deinem großen Schwanz, hättest du nicht Lust, mir deinen Schwanz zwischen die Titten zu stecken? Fick meine Titten.«

Ich hielt den Hörer mit meiner linken Hand und rieb mich mit der rechten, und sie drückte ihre Titten aneinander. Sie lächelte mich an und sagte: »Fühlste dich gut?«

Ich fühlte mich verpflichtet, was zu sagen, also sagte ich: »Ja«, und fügte dann aus irgendeinem Grund, den ich selber nicht kenne, hinzu: »Du bist ziemlich hübsch.«

»Danke«, sagte sie, und dann: »Komm schon, Baby, zieh deinen Schwanz ordentlich lang und steck ihn mir in meine nasse Fotze rein.«

Ich war kurz davor zu kommen, aber dann wurde die Sichtblende langsam wieder runtergelassen, und sie sagte mir, ich solle noch eine Wertmarke reinstekken. Das Licht ging wieder richtig an, und ich fingerte mir den Chip aus der Hosentasche und steckte ihn in den Schlitz, aber die Sichtblende ging nicht wieder hoch. Ich versuchte, ihr das über die Telefonleitung zu sagen, aber die war tot. Ich klopfte an die Glasscheibe, und ich schrie: »Das ist kaputt.« Dann wurde an meine Tür geklopft und ich zog mir die Hosen hoch und sie stand da mit einem Mann und er kam in meine Box und hämmerte mit der Faust gegen den Münzautomaten und die Sichtblende ging langsam wieder hoch. Sie huschte auf ihre Seite rüber, das Licht ging aus, er verschwand in aller Seelenruhe aus meiner Box, und ich schloß die Tür. Ich ließ die Hosen runter und nahm den Hörer und sie drüben auf der anderen Seite war wieder nackt.

»Jetzt zieh deinen Schwanz mal ordentlich lang und komm richtig, ich will sehen, wie du überläufst.«

Ich hatte schon kostbare Zeit verloren, und ich kriegte mich wieder steif und starrte auf das, was ich von ihrer Vagina erkennen konnte, und sie feuerte mich an, ich solle kommen, bevor mein Geld weg sei. Ich schloß die Augen und dachte an das Mädchen in der Bibliothek und dann kam ich und die Hure rief mir über den Hörer Beifall zu und die Blende kam langsam wieder runter. Das Licht ging wieder an, und ich hatte vier Tropfen auf dem schwarzen Fußboden hinterlassen. Ich drückte ein bißchen an der Spitze rum, um den Rest rauszukriegen, dann wischte ich meine Rute und meine Hände mit dem Papiertaschentuch ab. Und manchmal tut mir mein Penis richtig leid, ich zwinge ihn, Sachen zu machen, die er wahrscheinlich gar nicht tun will, aber er gehorcht mir immer und muß wohl glauben, daß das alles einem höheren Zweck dient.

Ich zog mir die Hosen hoch und verließ die Box, und der Typ, der den Münzautomaten in Ordnung gebracht hatte, ging mit einem Feudel rein, weil meine Dame im Kimono schon den nächsten Kunden warten hatte. Ich verabschiedete mich von ihr, und ich ging die Treppe runter und an den Zeitschriften und den Gummikörperteilen vorbei durch den vorderen Raum und trat wieder auf die Zweiundvierzigste hinaus, mischte mich in das Menschengedränge, daß niemand mir ansehen konnte, woher ich gerade kam. Die Hitze war immer noch fürchterlich, aber ich kämpfte nicht mehr dagegen an. Ich überlegte mir, daß ich vielleicht in die Bibliothek zurückkehren sollte. Ich dachte mir, jetzt könnte ich wohl direkt neben dem Mädchen sitzen und es würde mir nicht mehr das geringste ausmachen. Also marschierte ich Richtung Fifth Avenue, und ich dachte, ich würde mir ein gutes Buch besorgen, aber unterwegs legte ich einen Zwischenstopp ein. Da war diese Leuchtreklame, da stand MÄDCHEN LIVE!! UNGLAUBLICHE SEXUALAKTE 25 CENTS, und rein war ich.

Ich wollte wissen, warum

AN SELBSTMORD HAB ICH gedacht, seit Roy Laudner sich umgebracht hat. Er war ein hübscher Junge, den jeder kannte und von dem alle nur Gutes sagten. Er war Vorsitzender des Umweltclubs. Und was in meinen Augen besonders bemerkenswert an ihm war, war die Tatsache, daß die Lenkstange seines Fahrrads so eine altmodische war, und ich hatte keine Ahnung, warum er nicht einen Zehnganglenker hatte wie alle anderen auch. Sein Fahrrad hatte sogar Schutzbleche und einen alten, breiten Ledersattel. Er hatte kräuseliges braunes Haar, über das meine Schwester mal was in einem Gedicht geschrieben hat. Sie schrieb, es sei »wie ein Kranz von Olivenblättern um seinen Kopf gewickelt«. Ihr Gedicht über Roy ist immer noch eine von den schönsten Sachen, die ich jemals zu lesen gekriegt hab, es war wie ein Brief an ihn formuliert. Ich weiß noch, als ich ihn das letzte Mal sah, da blieb er mit seinem schwarzen Fahrrad bei meinem Freund Ethan auf der Auffahrt stehen. Wir hatten Basketball gespielt. Und es war ein kühler Herbsttag, und wir quatschten ein bißchen rum, Roy kannte mich wegen meiner Schwester, und ich tat so, als würde ich seine altmodische Lenkstange nicht bemerken. Ich war ganz schön glücklich, als er wegfuhr, und dachte mir: Was für ein netter Typ. Und ich kam mir cool vor in Gegenwart meines besten Freundes Ethan, weil ein Typ aus der High-School mit mir geredet hatte. Ich weiß auch noch, er trainierte mal zum Spaß mit mir unten auf dem Spielfeld und ließ mich nicht spüren, daß ich jünger war. Er war nett zu mir, und ich hab wirklich nie rausgekriegt, warum.

Und dann sprach es sich in der ganzen Stadt rum, daß er sich aufgehängt hatte. Meine Schwester lief in unserem Haus hin und her und schrie und heulte, ich sah zu, daß ich ihr aus dem Weg blieb, und sie lief auf ihr Zimmer und knallte die Tür und kreischte. Ich wußte zuerst nicht, um wen es sich handelte, und dann dämmerte es mir, daß das der Typ mit dem Fahrrad war. Nach und nach kamen die Fakten ans Licht, und wir fanden raus, daß er sich nackt im Keller erhängt hatte und von seiner Schwester gefunden worden war. Man erzählte sich, sie habe ihn erst ein- oder zweimal angestupst und gesagt: »Roy, hör auf, mich zu foppen«, und dann erst begriffen, daß er tot war, und sei aus dem Haus gerannt. Was ich nicht los wurde, war die Vorstellung, wie er da nackt hing. Ich hab mir immer gedacht, das müsse der erste Schock gewesen sein, daß sie ihren Bruder da völlig nackt sah. Jede Wette, daß sie sogar gelacht hat, sie war erst vierzehn, und jede Wette, daß sie sich insgeheim irgendwie schämte, weil sie den Penis ihres Bruders gesehen hatte und sein Tod sie erregte. Über die Jahre habe ich meine Schwester immer wieder gebeten, mir alles, was sie von seinem Selbstmord wußte, zu erzählen, ich wollte jedes Detail wissen.

Als meine Schwester das Gedicht schrieb, ging's darum, daß Roy sie womöglich geliebt hatte und sie jemand anders liebte, aber jetzt, wo er tot war, wußte sie, daß sie ihn liebte, nur war es jetzt leider zu spät, ihm zu sagen: »Ich liebe dich.« Also hatte sie – wie auf irgendeine spezielle Weise wohl jeder – das Gefühl, es sei ihre Schuld gewesen, aber das war es nicht. Die Gerüchte besagten, er habe zum College gehen wollen, aber seine Eltern hätten sich das nicht leisten können. Und das schien dann auch zu erklären, warum er diesen altmodischen Lenker hatte. Und eines Tages blieb Roy dann zu Hause und hatte die Schnauze voll von der Schule.

Ich versuchte ihn mir vorzustellen, wie er nackt zu Hause rumspazierte mit dem Seil in der Hand. Woran dachte er, weinte er, als er es über den Balken warf und dann daran baumelte, ach, Roy, warum? Ich fragte meine Schwester, ob er eine Nachricht hinterlassen habe, und sie glaubte, daß nicht. Meine Eltern sagten so Sachen wie: »Da sieht man's mal – Eltern sollten nie zögerlich sein, wenn's drum geht, den

Kindern was zu spendieren.« Irgendwie kommen sich meine Eltern, wenn so Sachen wie diese passieren, immer ganz groß und toll vor, weil meine Schwester und ich uns nicht umgebracht haben. Ich hasse das, wenn sie sich so aufführen.

Am Ende des Schuljahrs kam das Jahrbuch raus. Und wir blätterten alle drin herum und suchten nach Fotos von Roy. Und klar fanden wir ihn, da saß er bei einem Footballspiel auf der Tribüne, und mir kam es so vor, als stäche sein Gesicht hervor. Er befand sich in einer großen Menschenmenge, und alle schrien und lächelten, nur Roy nicht, der ganz still und sehr aufrecht aussah. Und ich überlegte mir, ob er wohl genau in diesem Moment daran gedacht hatte, sich umzubringen. Es gab noch ein anderes Bild, das ihn auf der Tribüne zeigte, und das hatte denselben Anflug von etwas Unheimlichem, man konnte einfach sehen, daß er jetzt tot war. Das Jahrbuch war ihm gewidmet, er war der einzige, der ums Leben gekommen war, und es war um diese Zeit herum, daß ich anfing, von meinem eigenen Selbstmord zu phantasieren. Normalerweise schlief ich nachts am besten ein, wenn ich mir vorstellte, ob wohl (wie ich hoffte) die ganze Stadt um mich weinen würde, so wie das bei ihm gewesen war. Ich experimentierte sogar vor dem Spiegel mit einem Handtuch, das ich mir um den Hals schlang, aber ich wußte nicht, wie man es richtig verknotete (mein Vater hat mir schon immer gesagt, ich hätte zwei linke Hände), und ich hab's nie gelernt. Ich hatte bloß zweimal in meinem Leben mit Roy Laudner gesprochen, aber ich fing an, um ihn zu trauern. Meine Mutter und meine Schwester wußten nichts davon, aber ich holte mir oft das Jahrbuch hervor und schaute ihn mir an, wie er da so allein auf der Tribüne stand, und ich schaute mir sein Oberstufenfoto in Schlips und Kragen an, und ich las das wunderschöne Gedicht meiner Schwester, und ich weinte seinetwegen. Es war mein Geheimnis, daß ich ihn vermißte.

In der achten Klasse, ein paar Jahre nachdem es passiert war, fing meine Lehrerin an, über Selbstmord zu reden, und kam dabei auch auf Roy zu sprechen. Sie sagte: »Man kann niemals wissen, warum sich jemand das Leben nimmt, aber meistens handelt es sich darum, daß er ein Problem hat, über das er nicht sprechen kann. Als Roy Laudner sich vor ein paar Jahren das Leben nahm«, und da spitzte ich die Ohren, sie sprach von meinem Roy Laudner, wie konnte sie es nur wagen, seinen Namen laut auszusprechen, ich haßte sie, »da stellte man hinterher fest, daß er alle Socken in seiner Kommodenschublade zu Knoten verschnürt hatte.« Ich wollte schreien: Woher wollen Sie das wissen? Wie können Sie einfach Roys Geheimnisse ausposaunen? Zu dieser Zeit hatte ich schon so viel über Roy Laudners Selbstmord nachgedacht, hatte die ganze Geschichte schon so oft in meinem Kopf durchgespielt, daß es mir beinahe so vorkam, als wäre ich mit ihm zusammen die Kellertreppe hinabgestiegen, als hätte ich seinen nackten Körper betrachtet, ihm zugeschaut, wie er das Seil verknotete (er war ein Adler bei den Pfadfindern), und ihn dann angestarrt, wie er hin- und herschwang und schaukelte, so wie seine Schwester. Ich wollte mir Roy einfach nicht vorstellen, wie er Knoten in seine Socken machte, und die Lehrerin hatte von ihm gesprochen, als wäre er niemand, und wie alle anderen auch schob sie alles auf die Eltern, die die Probleme ihres Sohnes nicht erkannt hätten.

Im Jahr danach fing meine Schwester an, mit Roys jüngerem Bruder Paul auszugehen, der genauso aussah wie Roy, dieselben dichten, lockigen Haare, dasselbe hübsche Gesicht und dann auch dieses Lächeln, bei dem man gleich das Gefühl hatte, mit ihm befreundet zu sein. Und so ging ich denn eines Tages mit meiner Schwester zum Haus der Laudners rüber und lernte die ganze Familie kennen. Roys Schwester, die, die ihn gefunden hatte, sah sehr gut aus, und ich hatte eine Menge Fragen, die ich ihr gern stellen wollte, aber das konnte ich nicht. Und man konnte Roy in ihrem Gesicht sehen, und ich mochte sie, aber sie war älter als ich. Ich vermute, ich mochte sie auf dieselbe Weise, wie meine Schwester Paul mochte. Die beiden Mädchen zogen sich zum Quatschen zurück, und Paul nahm mich mit in den Keller, die alte, schmutzige Holztreppe runter, um mir ein

Modell zu zeigen, an dem er arbeitete. Und ich versuchte, einen Blick auf die Balken zu werfen, ohne daß er das mitkriegte, und herauszufinden, welches derjenige war und wie Roy es angestellt hatte (mit einer Leiter vielleicht?), und dann sah ich sein schwarzes Fahrrad ganz alt und verloren in der Ecke mit dem Werkzeug und den kaputten Möbeln stehen. Ich erinnerte mich daran, wie Roy darauf gefahren war, die Arme gebeugt bis zur Lenkstange, und dann fragte ich mich, wer ihn wohl abgeschnitten hatte, wer seinen toten, nackten Körper aufgefangen hatte. Und mein Kopf wollte gar nicht mehr zu überlegen aufhören, und ich wollte da gar nicht wieder weg, ich wollte es alles herausfinden. Ich hatte irgendwie das Gefühl, wenn ich auf ewig da bliebe, dann könnte ich es alles noch einmal ablaufen sehen und wüßte über alles Bescheid. Aber dann rief uns Mrs. Laudner zum Essen nach oben, und ich drehte mich noch einmal zum Keller um, um mir alles genau zu merken und um mir Roy vorzustellen, wie er über dem ganzen Durcheinander baumelte.

Als alle am Tisch saßen, schaute ich mir die Eltern an und versuchte, Spuren von dem Schmerz und dem Verlust zu entdecken, die, wie ich glaubte, doch ganz offensichtlich sein müßten (meine Eltern hatten gesagt, wenn ihnen das passiert wäre, hätten sie nicht weiterleben können), aber in ihren Gesichtern konnte ich nichts erkennen. Und trotzdem wußte ich, daß es da war und uns umzingelt hielt. Ich entschuldigte mich, weil ich auf die Toilette müsse, aber statt dessen ging ich in Roys Zimmer, das ebenfalls an dem Flur lag. Meine Schwester hatte mir vorher schon gezeigt, welches es war, und mir zugeflüstert, es sei seit seinem Tod nichts darin verändert worden. Die Tür stand einen Spaltbreit auf, und ich ging rein. Das ganze Zimmer war sauber und aufgeräumt, und das Bett war superperfekt gemacht. Ich entdeckte ein Paar Turnschuhe neben dem Schrank und seine Jeans, die über dem Schreibtischstuhl hingen. Und ein naturwissenschaftliches Buch war aufgeschlagen, er mußte noch gebüffelt haben, bevor er starb. Ich wünschte mir, ich würde eine Nachricht finden, die vorher niemand bemerkt hatte, und dann wüßte ich, warum, aber natürlich war da keine, und ich ging raus, weil ich zuviel Schiß hatte, noch weiterzustöbern, und ich paßte auf, daß ich die Tür genau so weit zumachte, wie sie offengestanden hatte. Ich ging ins Bad, um die Toilettenspülung zu betätigen, und kehrte ins Eßzimmer zurück. Mein Abenteuer hatte mich durstig gemacht, und ich fragte Paul: »Roy, kannst du mir mal die Milch rübergeben?« Alle verstummten, ich hatte seinen Namen wachgerufen. Ich starrte auf meinen Teller, unfähig, mich zu bewegen, und ich sagte im stillen immer wieder, so daß Gott es hören konnte: »Tut mir leid, tut mir leid«, und ich wünschte, ich wär tot.

Vor ein paar Jahren torkelte ich eines Abends betrunken an der Kaimauer der Lower West Side entlang. Ich sah einen Mann, der sich an einen Zaun lehnte, und ich blieb in sechzig Meter Entfernung stehen und drehte den Kopf in seine Richtung. Ich wartete, dann drehte ich wieder den Kopf, das hatte ich noch nie vorher getan, aber ich wußte irgendwie, daß ich so mit ihm in einem Geheimcode kommunizieren konnte. Solche Sachen fallen mir immer zu. Ich schaute mich nicht mehr nach ihm um, sondern lauschte nur auf seine Schritte, als er zu mir herkam. Es war ein alter Mann, in den Sechzigern, und er war untersetzt und hatte dünnes, trockenes, graues Haar auf seinem sehr runden, sonnenverbrannten Kopf. Gekleidet war er leger in Freizeithose und Windjacke. Er hatte einen Akzent, und es stellte sich raus, daß er Italiener war und Küchenchef in einem großen Restaurant. Nach ein bißchen Small talk über das Essen in New York fragte er: »Willst du mich heute nacht lieben?« Die Frage gefiel mir nicht, und ich wollte nicht antworten, darum murmelte ich irgendwas vor mich hin und überließ es ihm herauszuhören, was immer er heraushören wollte. Er nahm mich beim Arm und führte mich durch den Zaun hindurch und eine kleine betonierte Böschung hinab, bis wir uns unter dem riesigen hölzernen Anleger befanden.

Wir waren bloß noch ein paar Handbreit vom Wasser entfernt, und er fragte mich ganz höflich, gute Manieren hatte er nämlich, ob ich ihn ficken wollte oder ob ich einen geblasen haben wollte. Ich sagte, einen geblasen, und ich lehnte mich gegen einen von den Pfeilern, und er ging vorsichtig auf die Knie nieder, er war ja schon alt. Es roch nach Salz und Müll da unten, und er machte mir die Hose auf. Er nahm mich in seinen Mund und er war ein Experte darin und es fühlte sich so gut an, daß ich tatsächlich sein graues altes Haar berührte. Ich versuchte, so zu tun, als sei das eins von den Millionen hübschen Mädchen, die ich auf der Straße sah, und das funktionierte ziemlich gut und ich schlingerte und kam in seinem Mund und er aß es alles und die ganze Zeit machte er so kleine jaulige glückliche Geräusche, wie sie Männer machen (Frauen nicht), wenn sie einen Schwanz im Mund haben. Ich zog mir den Reißverschluß hoch und er kniete immer noch da und es war dunkel, aber ich konnte erkennen, daß sein rundes Gesicht glühte. Mir schoß eine kurze Gewaltphantasie durch den Kopf, wie mir das manchmal passiert, und ich erkannte, wie leicht ich ihm ins Gesicht kicken und ihn ins Wasser stoßen könnte. Aber ich ließ das wie eine kurze Brise durch mich hindurchrauschen, und als ich wieder klar war, reichte ich ihm eine Hand, so daß er aufstehen konnte. Ich setzte mich wieder in Marsch, und er fragte, ob ich morgen abend wieder hier sein würde, und ich sagte: Keine Ahnung.

Fuselflitzen

ICH SPAZIERTE EINES NACHTS so gegen drei Uhr morgens von Joy nach Hause und entdeckte einen Penner, der wie angestochen in den Spring Street Park rannte. Er brach auf einer Bank zusammen und begrub den Kopf in den Händen.

»Was 'n los?« fragte ich.

»Mich ham paar Junkies inner Mangel gehabt... Bin total erledigt.«

»Was haben die denn gemacht?«

»Ich hatte bloß noch zwanzig Cent, und also hab ich mir 'ne Buddel besorgt. Und denn kamen die von hinten und schnappten sich die Buddel, und als ich kein Geld hatte, ham die mich aufs Kreuz gelegt, verfluchte Junkies.«

Drei andere Penner erschienen auf der Bildfläche, und einer davon war der alte J.B. Britten. Er war der älteste und freundlichste und hielt da im Spring Street Park hof, um den alten Penner, der von den Junkies zusammengeschlagen worden war, zu trösten. J.B. hat keine Zähne mehr in seinem langen, zerfurchten amerikanischen Gesicht, und dann hat er diese klaren blauen Augen, was einen wirklich überrascht bei einem alkoholkranken Penner, das ist das letzte an ihm, was noch durchhält und noch nicht ganz tot ist. Seine langen Beine hatte er gekreuzt wie ein Gentleman, und er beschwichtigte die anderen wie ein Offizier in einem Bunker: »Wir besorgen uns 'ne andre Flasche. Bloß nicht ärgern, Rocky wird noch aufhaben.« Aber sie hatten Angst vor den Junkies, hatten Angst, sich aufs Fuselflitzen einzulassen und zusammengeschlagen zu werden. Indiana, einer von J.B.s Freunden, sagte: »Die verdammten Niggerjunkies machen alles kaputt, keiner läßt uns Penner in Frieden.« Weil ich mir kühn vorkam und keine Angst vor den Straßen hatte, erbot ich mich also, für sie nach dem Fusel zu flitzen. Sie warfen ihre Barschaft zusammen, Fünfer und Zehner, die sie mit Betteln verdient hatten, und J.B. stellte Billy als meinen Scout ab, damit ich Rocky auch fand. Billy war der jüngste von den Pennern und gerade an diesem Tag aus dem Entzug zurück, darum war er in ziemlich guter Verfassung für eine solche Mission. Alle vier Wochen oder so passiert es in einem Pennerleben, daß man von der Straße aufgelesen und in eine städtische Entzugsanstalt gesteckt wird. Da wird man dann erst mal abgeduscht (künstlich bewässert, wie die Penner das nennen), und dann kriegt man was zu essen und ein Bett, für fünf Tage ungefähr. Man kriegt neue gebrauchte Klamotten, und dann, wenn man wirklich dringendst was zu trinken braucht, wird man wieder auf die Straße losgelassen. Zwei Tage, und man ist wieder mit Wanzen und Dreck und Blut überkrustet. J.B. hat's mir mal erklärt: »Es gibt einen Unterschied zwischen was zu trinken haben wollen und was zu trinken brauchen.«

Also sind Billy und ich Richtung Rocky losgeschoben. Er erzählte mir, er wär ein Veteran, und obwohl die meisten Penner in der Bowery Veteranen aus dem Zweiten Weltkrieg oder dem Koreakrieg sind, nahm ich an, er meinte Vietnam, und ich fragte ihn, wie das so war.

»Ich war achtzehn, Mann, und der Hubschrappschrapp setzte uns direktemang im Scheißdschungel ab, direktemang im Scheißgefecht, ich fing zu laufen an, ich hatte Schiß, so bescheuerte Kugeln flogen durch die Gegend, das war 'n Scheißhinterhalt, und ich ab durch die Mitte, und dann, urplötzlich, spür ich was richtig Heißes auf 'm Rücken, und ich denk, o mein Gott Herr Jesu Christ, die ham mich getroffen, un' ich lang mit der Hand nach hinten, un' da is' das die Hirnmasse von meinem Kumpel, sein Kopf war ihm weggepustet worden, un' ich war mit'm Hirn von meinem Kumpel bedeckt, Mann. Ich weiter ab durch die Mitte, und wie wir stehenbleiben, bin ich erst mal am Würgen, auf'm mal hab ich Epilepsie, und der Sani gibt mir 'n Joint Opium und hat gesagt, davon geht's mir besser.«

Wir kamen an meiner Bude vorbei, anschließend an den Huren an der Ecke. Goldie war da und lächelte mich an, hatte mich nicht vergessen, und sie und die anderen sagten: »Bißchen ausgehen?« Und ich sagte: »Heute nicht«, und Billy erzählte weiter seine Geschichte.

»Ich war total auf Opium und Hasch, weißte, in Vietnam, kam in die Staaten zurück und wurde 'n Junkie und in einer Tour auf Stoff. Genau das hat dieses Land für mich getan, klasse, aber ich kriegte den Zaster nich' mehr zusammen, um noch weiter 'n Junkie zu sein, deswegen bin ich bloß noch 'n Penner auf Alkohol, und morgen soll ich in die Klinik wegen meiner Epilepsie, bin total gearscht.«

Wir blieben vor einem alten, rußgeschwärzten Backsteingebäude stehen, und Billy kratzte an einer verrosteten Metallplatte an der Wand; wir waren bei Rocky. Die Platte glitt zur Seite, und da war ein Fliegengitter mit einem quadratischen Durchlaß drin, groß genug, um eine Hand hindurchzustecken, und Billy sagte: »Rocky, ich bin's, Billy, ich brauch 'ne Pulle.« Ein Arm kam aus der Öffnung, die Handfläche nach oben, ich versuchte, einen Blick hineinzuwerfen, aber es war zu dunkel. Billy ließ das gesammelte Kleingeld in Rockys Handfläche rieseln. Ich sah mich nach Junkies um und konnte hören, wie die Münzen gezählt wurden. Billy wurde nervös: »Is' genug da, Rocky, wir haben's abgezählt.« Die

Hand kam mit einer Flasche Thunderbird-Wein wieder raus, und Billy schnappte sie sich hastig und verstaute sie tief in seiner Hose. Die Metallplatte glitt wieder in ihre ursprüngliche Stellung zurück.

Wir gingen mit raschen Schritten zurück, und die Gesichter all der alten Penner erstrahlten, als wir auftauchten. J.B. sagte: »Ich wußte doch, die kommen wieder.« Billy wollte, weil er der Jüngste war, seine Vertrauenswürdigkeit besonders hervorheben und sagte: »Ich sagte doch, daß ich zurückkomm, ich würd mir die Flasche doch nicht selbst untern Nagel reißen.« Sie überließen es dem Penner, den die Junkies in der Mangel gehabt hatten, den ersten Schluck zu nehmen. Er hörte auf, sich zu schütteln und rumzujammern, und die Flasche wurde zur Bank rübergereicht. Als J.B. sich einen kräftigen Schluck hinter die Binde goß, fing er fürchterlich zu husten an, aber mit Würde schaffte er es, daß er bloß ein ganz klein wenig spucken mußte. All die Penner sind innen drin völlig weggefault, da kann nichts mehr rauskommen außer ihren eigenen Gedärmen, und ihre Körper würgen bloß noch aus Reflex – sie können nur trocken aufstoßen. Sie boten mir mein Quantum an, aber ich lehnte ab. J.B. war froh darüber. »Laß dich vom großen A bloß nicht umbringen«, sagte er. Für den Geschmack der Penner war die Flasche viel zu schnell alle, und es dauerte noch ziemlich lange, bis wieder Menschen auf den Straßen waren und man sie um ein paar Kröten anschnorren konnte. Ich verabschiedete mich und ließ sie schwatzend und jammernd zurück, denn wie bei allen Menschen, egal wo, ist das auch bei denen das, was sie am besten können.

Meine Großtante Doll

MEINE GROSSTANTE DOLL ruft mich einmal im Monat aus Queens an, um zu hören, wie's mir geht. Sie sagt mir, ich solle Buchstabensuppe essen, weil die Buchstaben gut für mein Gehirn seien. Sie sagt: »Iß Camp-Bells«, und sie fragt mich, wann ich sie besuchen komme, denn sie möchte mit mir zu NBO und mir einen Anzug kaufen. Ich besuch sie auch zwei- oder dreimal im Jahr, aber nach dem Mittagessen, normalerweise Rührei, Räucherlachs, Bagels, Hering und Zwiebeln, hau ich mich ein bißchen auf ihrer kleinen Couch hin, bei welcher Gelegenheit sie meinen Haarschopf kontrolliert, um zu sehen, ob ich schon eine Glatze krieg. Sie war früher mal Maniküre in einigen der großen Hotels, und deshalb weiß sie eine Menge über Haare. Letztes Mal, als ich da war, hat sie mir erzählt, ich hätte mir die Haare in der Sonne versengt, und ich hab ihr gesagt, ich würde nie wieder in die Sonne gehen. Irgendwie schaff ich's jedesmal, den Gang zu NBO auf meinen nächsten Besuch zu verschieben, normalerweise bestech ich sie mit einer Partie Scrabble.

Sie ist in den Siebzigern, und sie lebt von ihren Ersparnissen in jenem vollgestellten Ein-Zimmer-Apartment, und ihr Leben hat sich dramatisch verändert, als ihr eine von ihren ziemlich großen Brüsten entfernt werden mußte. Sie war früher eine echt sexy Dame, und sie war etliche Male verheiratet, und sie hatte massenweise Kavaliere, die ihre Pantoffeln unter Dolls Bett zurückließen, selbst in fortgeschrittenem Alter noch. Aber nachdem sie die Brust verloren hat, ist auch ihr Selbstvertrauen verschwunden, und sie sagt: »Kein Mann will eine halbe Frau haben.« Sie geht sehr offenherzig mit mir um, und als ich danach fragte, zeigte sie mir die Narbe, wo ihre Brust gewesen war. Es war eine dünne rote Narbe, und kein Nippel war mehr da.

Sie rief die Tage bei mir an und erzählte mir, sie sei bei einem Spezialisten gewesen, um sich wegen eines Implantats zu erkundigen, aber er habe ihr gesagt, daß sie zu alt sei, daß ihre Haut zu dünn sei. Sie sagte zu mir: »Das ist nicht gut, wenn man allein ist.« Und sie war enttäuscht von der Auskunft des Arztes, aber er war freundlich zu ihr. Sie sagte, er wär jung und gutaussehend und so nett gewesen, ihr die Bluse zuzuknöpfen, als die Untersuchung zu Ende war.

Ich holte Joy in der Bar ab, wo sie arbeitete, und wir gingen in ihre Bude zurück. Sie nahm einige der schwarzen Plastiksäcke von den Skulpturen, an denen sie arbeitete, und ich betrachtete den feuchten Lehm. Eine Frau saß für sie Modell, aber statt der kompletten Gestalt der Frau waren da bloß einzelne Körperteile zu sehen: eine Schulter, eine Wade, ein Arm und ein Bauch, der in eine Lende überging. Wir starrten das ein, zwei Minuten lang an, dann besprengte Joy die Einzelteile mit Wasser und deckte sie wieder ab.

Wir zogen uns aus und stiegen ins Bett. Ihr Körper an meiner Seite fühlte sich kühl an, und ich schlang meine Arme um sie, und dann lutschte ich an ihren Brüsten. Die hatten große braune Nippel, ihre Brust besteht fast nur aus Nippeln, und als ich die in meinem Mund hatte, drückte sie mir mit der Hand hinten gegen den Kopf, drängend irgendwie, und ich war ganz glücklich. Später, als ich in ihr drin war, hatte ich die Augen geschlossen und dachte an andere Frauen. Ich dachte an diese eine Lehrerin auf der High-School, auf die ich immer scharf gewesen war, und ich dachte an die Lendenpartie in dem Plastiksack gegenüber im Zimmer, und ich dachte an das Latino-Mädchen im Lebensmittelladen, das ein Auge auf mich geworfen hatte. Als ich gekommen war, wälzte ich mich von Joy runter und fiel in jenen Tiefschlaf, der mich manchmal nach Sex überkommt.

Als ich aufwachte, schlief Joy, und ich musterte die Rundung ihres Rückens und die Knubbel der Wirbelsäule, die sich unter der Haut abzeichneten. Ich dachte an alle Leute, mit denen ich jemals geschlafen hatte, an all die Körper, die ich berührt hatte, und daß sie dieses ganze Zimmer ausfüllen würden. In meiner Vorstellung sah ich sie allesamt nackt mit ihren haarigen Hügeln und hängenden Brüsten, die Körper weiß und leblos, und sie standen an den Wänden von Joys Apartment aufgereiht, quetschten sich dicht aneinander, schwebten um mich rum. Ich wollte wieder einschlafen, um sie aus meinem Kopf zu kriegen, aber ich konnte nicht, also weckte ich Joy auf und bat sie, mit mir zu reden, bloß so ein kleines Weilchen, und sie tat es. Als ich mich dann wieder im Raum umsah, war er leer, abgesehen von dem, was sich unter den Plastiksäcken abzeichnete.

Mein neuer roter Hut

ÜBER DEM SCHREIBTISCH meines Vaters hängt noch am originalen blauen Bändchen mein kleines Abgangszeugnis aus dem Kindergarten. Vorn drauf auf dem Zeugnis steht mein Name in Großbuchstaben, und darunter ist ein aufgeklebtes Bild in Wasserfarben, das einen Polizisten zeigt. Hinten drauf steht in der sauberen Druckschrift meiner Kindergärtnerin ein Text über mich. Der lautet folgendermaßen:

> Alexander sagt, daß er Polizist werden will: »Weil ich die Hüte von denen mag!« Wir glauben, Alexander wird einmal Lehrer. Er kann gut zuhören, und wenn er etwas sagt, dann meint er das auch. Alexander singt auch gern und erzählt gern Geschichten für seine Freunde in Lenape.

Damit endet das Zeugnis, und jedesmal, wenn ich's lese, wünsche ich mir, sie hätte mehr geschrieben.

Das eigentlich Unglaubliche ist, daß ich immer noch ein Liebhaber von Hüten bin. Und das erklärt auch ein bißchen, warum ich es so schlimm fand, als meine Türstehermütze geklaut wurde. Es war am ersten Tag der Herbstsaison, und die Speisekarten und die Servietten wurden ausgewechselt und ebenso meine Dienstkluft. Die zum Personal des Four Seasons gehörende Näherin gab mir meinen neuen roten Hut und das neue rote Jackett, und in der neuen Farbe kam ich mir super vor. Nach dem langen Sommer, wo ich immer Pink getragen hatte, konnte ich gar nicht wieder damit aufhören, mein tolles Aussehen in Rot zu bewundern.

Ich war ungefähr eine halbe Stunde in meinem neuen Outfit im Dienst, ließ meine Pfeife auf die Art baumeln, wie das ein Rettungsschwimmer macht, und da kam diese ältere, gutangezogene Frau an mir vorbeispaziert und ging in Richtung Park Avenue weiter. Aus irgendeinem Grund, der mit dem Instinkt der Straße zu tun haben mußte, behielt ich sie im Blick, und als sie gerade an meinem Vordach vorbei war, kam ein Schwarzer hinter einem Lieferwagen hervorgesprungen, der muß da schon gehockt haben, und mit einem flinken Ruck hatte er ihre Handtasche. Sie schrie, er flitzte, und ohne weiter darüber nachzudenken, war ich hinter ihm her. Er lief die Seitentreppe hoch, die zur Seagram Plaza raufführt, und ich war bloß drei Schritte hinter ihm. Auf der Plaza war nicht allzuviel los, und ich sprintete aus Leibeskräften, und mein Hut wurde mir runtergeweht, und ich machte mir nicht die Mühe, ihn aufzuheben. Der Schwarze drehte sich einen Moment lang um und sah mich, überquerte dann den belebten Bürgersteig und sauste in den Verkehr auf der Park Avenue. Ich folgte ihm und wurde ums Haar von einem Taxi erwischt, aber ich schaffte es, ihn auf der Verkehrsinsel in der Mitte der Straße einzuholen. Er mußte da stehenbleiben, weil auf der anderen Seite ein Laster mit zuviel Tempo angesaust kam. Ich schrie: »Handtaschendieb!«, und krallte ihm meine Finger hinten ins Jackett. Er wirbelte rum, und mit seiner zur Faust geballten Hand hieb er mir ins Gesicht. Es war, als wär eine kleine Knarre losgegangen, und ich war geblendet, und als ich wieder sehen konnte, holte er aus, um mir einen Tritt zu versetzen, und irgendwie wich ich noch rechtzeitig aus, und der Tritt streifte mich nur an der Hüfte, aber das reichte, um mich von den Beinen zu holen. Ich glaube, ich ging mit Absicht in die Knie. Er rannte über die Straße, und ein Mann versuchte ihn zu schnappen, griff aber vorbei, und aus meiner knienden Stellung beobachtete ich, wie der Handtaschendieb weiterlief, bis er links in die vierundfünfzigste Straße abbog und verschwand.

Ich stand langsam auf und marschierte über die Avenue zur Plaza zurück. Ich wollte meinen Hut wiederholen, und der war weg. Ich fing an durchzudrehen. Ich flitzte nach rechts und dann nach links. Ich kam mir vor wie ein kleiner Junge, ich wollte heulen. Ich lief zu der Mauer über dem Springbrunnen, und ich kletterte drauf und sah mich nach allen Richtungen um, aber ich entdeckte niemanden mit meinem roten Hut auf. Dann kam mir der Gedanke, daß er vielleicht beim Four Seasons abgegeben worden war. Ich sprintete retour, die Seitentreppe runter, und als ich beim Eingang zum Restaurant ankam, stand da niemand außer der Frau, deren Tasche geklaut worden war.

Ich sagte ihr, ich hätte ihn nicht erwischt, und sie war eine knallharte alte reiche Lady, und statt zu heulen, sagte sie nur ständig: »Gottverflucht.« Ich erzählte ihr nichts von meinem Hut, aber ich machte mir höllische Sorgen, einer von den Besitzern könnte mich so sehen. Beim Four Seasons muß immer alles picobello sein, und meine einzige Hoffnung war, daß die Näherin Dimitris neuen roten Hut in sein Kabuff in der Garderobe gelegt hatte. Aber erst mal mußte ich die Frau abschütteln. Ich führte sie in die Lobby und gab ihr zwei Vierteldollarstücke, daß sie die Polizei und ihren Mann anrufen konnte. Sowie sie in der Telefonzelle war, verduftete ich in die Garderobe und ging ganz nach hinten durch. Ich schloß einen Moment lang die Augen, und als ich es wagte, sie wieder aufzumachen, war Dimitris Hut da. Ich schnappte ihn mir und setzte ihn auf.

Ich verschwand aus der Garderobe und ging in die

Gästetoilette, was ich eigentlich nicht soll. Aber ich blinzelte der haitianischen Klofrau zu und schloß mich in einem der Marmorkabäuschen ein. Ich nahm den Hut ab und hängte ihn an den Haken innen an der Tür. Ich klappte den Toilettensitz runter und setzte mich drauf. Ich lehnte meinen Kopf an die grün-schwarz gemusterte Wand, und die Kälte des Marmors linderte den Schmerz, wo mich der Faustschlag erwischt hatte. Es war das erste Mal überhaupt, daß mir jemand ins Gesicht geschlagen hatte, und diese Tatsache tröstete mich einigermaßen über die Geschichte hinweg. Ich blieb nicht zu lange da drin, und ich schaffte es, wieder nach draußen zu schlüpfen, ohne von irgendeinem Gast gesehen zu werden.

Ich ging wieder an die Arbeit, und die Frau kriegte ich nicht mehr zu sehen. Sie mußte ihre Telefonate schnell erledigt haben und dann verschwunden sein, während ich im Bad war. Ich hatte so halbwegs die Hoffnung, sie würde mit ihrem Mann wieder auftauchen und mir fünf Eier oder so zustecken, aber das tat sie nicht. Und ich legte mich ordentlich ins Zeug an jenem Abend, als wär nichts geschehen, aber ich verspürte doch diesen unwiderstehlichen Drang, mich zu bestrafen. Den ganzen Abend über preßte ich mir die Daumennägel seitlich in die Hände, und ich hielt meine Zehen in den Schuhen angezogen, wenn ich zur Avenue laufen mußte. Das half mir, nicht über die ganze Sache nachdenken zu müssen. Es half mir, nicht daran zu denken, daß da draußen irgendwo einer mit meinem roten Hut auf dem Kopf rumlief und sich im Spiegel anschaute.

Nicky

ICH TRÄUMTE VON meinem alten Hund Nicky. Ich träumte, ich würde zu ihm sagen, daß ich gleich wieder zurück wär, um mit ihm zu spielen, und er wartete bei uns auf dem Grundstück, hinter dem Zaun. Und in meinem Traum war ich so glücklich, ihn zu sehen, aber irgendwie schaffte ich es nicht, aufs Grundstück zurückzukommen, und dann wachte ich auf. Ich hatte seit Jahren nicht mehr an Nicky gedacht.

Ich kriegte ihn, als ich drei war, und er starb, als ich siebzehn war. Er starb ein paar Monate vor meinem Großvater. Als ich klein war, schlief Nicky jede Nacht in meinem Zimmer, und wenn ich mich auf Hände und Füße niederlasse, riecht der Teppich immer noch. Er war ein hübscher Hund, groß und schwarz, und weil ein bißchen Husky in seiner Mischung war, hatte er blaue Augen. Ständig wollte er rumlaufen, und darum ging ich oft mit ihm ohne Leine in den Wald, und ich nahm Proviant für uns beide mit. Er liebte mich, und ich dachte, ich wär ein richtiger Hundebesitzer, weil ich mich von ihm auf die Lippen küssen ließ. Immer mal wieder hatte er den Drang abzuhauen, er war sehr erfinderisch, wenn's darum ging, Löcher in unserem Zaun aufzuspüren, und dann war er ein, zwei Tage verschwunden, aber er kam immer wieder. Es kommt mir jetzt die Idee, daß er ja wahrscheinlich Kinder hat, aber selbst wenn ich die ausfindig machen könnte, würde ich Nicky damit nicht wiederbekommen.

Als er vierzehn war, ging's langsam bergab mit ihm. Er wurde blind, seine Hinterbeine wurden steif, er roch nach Hund im Sterben, und er hatte fette Tumore unter der Haut, darum mochte ich ihn nicht mehr gern anfassen. Eines Tages fiel er die Kellertreppe runter, und dann lag er da unten auf der Seite und konnte nicht mehr auf die Beine kommen, seine Pfoten zitterten und zuckten. Sein Körper schaukelte hin und her. Ich hatte einen Freund zu Besuch, und wir schauten die Treppe runter. Mein Freund hatte so eine Art Lächeln im Gesicht, und ich wußte nicht, was ich tun sollte. Ich wollte Nicky nicht anfassen. Also hab ich einfach gelacht, und mein Freund lachte auch.

Ein paar Wochen später entschieden meine Eltern, daß Nicky zu starke Schmerzen hätte und daß er eingeschläfert werden sollte. Mein Vater mußte an dem dafür festgelegten Tag arbeiten, also fuhren meine Mutter und ich mit Nicky in die Tierklinik. Ein Veterinär untersuchte ihn und bestätigte, daß Nicky zu sehr leide. Meine Mutter ging raus ins Wartezimmer, und ich blieb bei dem Tierarzt. Er machte eine Spritze fertig und sagte, meine Aufgabe sei es, Nicky festzuhalten. Dann sagte er: »Das hier ist das Beste, was du für ihn tun kannst«, und ich schaute Nicky an, und er war ganz friedlich, und ich dachte, das sei jetzt wohl die rechte Zeit. Aber als die Nadel in ihn eindrang, fing er an zu strampeln und sich zu wehren, es steckte noch Leben in ihm, er war noch nicht fertig mit der Welt, und ich wollte halt sagen, aber es war zu spät, das klare, durchsichtige Gift drang schon in ihn ein, und ein Röhrchen füllte sich mit Nickys Blut. Ich hielt ihn fest, und er kämpfte dagegen an, und vielleicht verdrehte sich ein milchiges graues Auge zu mir, dem letzten, was er sah, und ich drückte meine Finger in seinen Körper hinein, bleib unten, Nicky, Nicky, halt, und er war tot. Meine Hände waren immer noch in seinem Fell vergraben, und der Tierarzt zog die Nadel heraus und legte sie vorsichtig auf den Tisch. Ich ging raus zum Auto und trommelte mit den Händen aufs Lenkrad ein.

Gute Gaben, schlechte Gaben

JOY KAM RÜBER, und als sie mich küßte, sagte ich ihr, sie solle verschwinden. Sie steckte ihre Zunge in meinen Mund, und der Geschmack war scheußlich. Sie mußte eine Zigarette geraucht haben, als sie rüberkam, und ich hatte ihr schon früher gesagt, auf keinen Fall solle sie rauchen, bevor wir uns träfen, und darum schrie ich sie an: »Sieh zu, daß du Land gewinnst. Ich kann den Geschmack von Zigaretten nicht ab.« Ich schubste sie aus meinem Zimmer und knallte die Tür zu.

Ich beobachtete sie durch den Spion, und sie stand da rum, und ihr Gesicht war ganz verzerrt, ihre Stirn war riesig, und ihr Kinn war fast nicht mehr vorhanden. Sie fing an zu heulen, und das machte es nur noch schlimmer, und sie mußte gemerkt haben, daß ich sie beobachtete, denn ganz urplötzlich ließ sie auf ihrer Seite des Spions einen gigantisch vergrößerten Stinkefinger hochschnellen. Aus einem Reflex heraus riß ich vor lauter Schock meinen Kopf zurück, und als ich mich traute, wieder durchzusehen, rannte sie die klapprige, schmutzige Treppe runter.

Aber ich wußte, in ein paar Tagen würde sie wieder ankommen, das ist so eine Art Teufelskreis, und ich fragte mich insgeheim: »Was will die bloß von mir? Merkt die denn nicht, was ich für einer bin?«

Als ich mich von der Tür abwandte, fiel mein Blick auf die *Daily News* auf dem Fußboden, und darauf war eine großformatige Anzeige mit der Überschrift: HALLOWEEN IM ANMARSCH! Und immer, wenn ich an Halloween denk, hab ich dieses Bild im Kopf von einer Frau in einer Küche. Sie hat so eine Mittelklassefigur und Hauskleidung und Schürze an, große Brillengläser über der Nase, das hellbraune Haar auf ihrem Kopf ist bürgerlich geschnitten, und ihre Küche ist weiß und fleckenlos. (Das Bild muß sich wohl aus einem sehr frühen Schulfilm über Berufe erhalten haben, Untertitel: »Dies ist eine Hausfrau.«) Und in meiner Projektion steht sie an der Spüle, und sie steckt Rasierklingen in Äpfel hinein, aber weil sie mir den Rücken zukehrt, seh ich nicht, wie sie das macht. Sie hat schon eine ganze Schale voll fertig, als es an der Tür klingelt. Ein Haufen lächelnder Kinder im Leichenfresserputz singt im Chor: »Gute Gaben, schlechte Gaben, gute Gaben, schlechte Gaben«, und sie erwidert das Lächeln, als sie jedem von ihnen einen Apfel gibt. Das gelbe Licht ihrer Veranda ergießt sich über die Kinder, es ist erst halb sieben, aber schon dunkel, weil Oktober ist, und sie schaut den Kindern nach, wie sie glücklich über ihren Rasen davonrennen, und dann schließt sie die Tür.

Als ich als Kind von Tür zu Tür zog, musterte ich jede von den Frauen ganz genau, um rauszufinden, welche von denen wohl Rasierklingen in Äpfel stekken mochte. Jedes Jahr wurden wir von unseren Eltern und Lehrern gewarnt, wir sollten nichts essen, bevor wir wieder zu Hause wären und es genau in Augenschein genommen hätten. Wir wurden gewarnt, jedes Jahr würden viele Kinder sterben. Aber in unserer Nachbarschaft kriegten wir nie Äpfel, obwohl ich jedes Jahr zu Halloween wieder darauf hoffte. Ich wollte derjenige sein, der den Apfel mit der Rasierklinge erwischte, und dann die Betreffende bei ihrem eigenen Spiel schlagen: Ich hab die Rasierklinge gefunden! Als ich dann ein Weilchen über diese Geschichte nachdachte, ging mir auch auf, warum Joy und die anderen scharf auf mich gewesen waren, ich war ein Apfel mit einer Rasierklinge drin.

Du hast uns hintergangen

MEINE ELTERN ERZOGEN mich in dem Glauben, daß ich als Jude jederzeit damit rechnen müsse, ausgelöscht zu werden, darum sei es wichtig, immer schön unauffällig zu bleiben. Bis auf den heutigen Tag werden sie nervös, wenn ein Jude irgendwas Schlimmes anstellt und es in die Zeitungen kommt. Sie nehmen immer an, das bedeute für uns alle das Ende, ein auffällig gewordener Jude könne dafür sorgen, daß wir alle vergast würden. Über dem Schreibtisch meines Vaters in seinem kleinen Büro hängt die Schlagzeile eines Zeitungsartikels: NEW JERSEY BEI ANTISEMITISCHEN ANGRIFFEN LANDESWEIT AN DER SPITZE. Gleich daneben hängt eine Waffe, er ist also wehrhaft und bereit, aber wenn er in Ruhestand geht, will er nach Florida ziehen, denn er sagt: »In Florida ist es zwar viel zu heiß, aber wenigstens kann ein Jude da auffallen, soviel er will.«

Aber man erzog mich nicht nur dazu, daß ich Angst hatte, von neu erstarkten Nazis umgebracht zu werden. Vielmehr vermittelte man mir den Glauben, mein Leben stehe pausenlos auf der Kippe. Ständig wurde ich vor Ansteckungen und Krankheiten und Unfällen gewarnt. Wenn ich unter der Dusche war, durfte ich auf keinen Fall mit nassen Haaren aus dem Haus. Wenn in der Schule irgendwer einen Bissen von meinem Schulbrot aß, sah ich mich genötigt, den Rest heimlich verschwinden zu lassen. Und ich war schon siebzehn, als ich endlich herausfand, daß auch bei Regen Leute mit ihren Autos unterwegs waren, ich hatte immer nur zu hören gekriegt: Die Straßen sind zu rutschig, du bringst dich um!

Ich wuchs also so auf, daß ich ständig auf ein großes Unglück gefaßt war. Mein Vater hatte Taschenlampen in jedem Zimmer liegen und etliche kleine Bankguthaben, und kaum irgendwas wurde jemals weggeworfen, alles wurde behalten und aufbewahrt, bloß für den Fall der Fälle. Das ist eine ererbte Ängstlichkeit, und Juden mit dem familiären Hintergrund meines Vaters leben immer in einem schmerzlichen Spagat zwischen Knickertum und Märtyrertum. Wenn das Knickertum regiert, zählen und sparen sie alles, was sie haben, damit sie dann, wenn es ans Märtyrertum geht, auch genau wissen, was sie verloren haben.

Als ich alt genug war, wurde mein Umzug nach New York zur großen Flucht vor diesen ganzen Ängsten. Aber kurz bevor ich aus New Jersey abhaute, kriegte ich einen Anruf von meiner Großtante Doll, die mir, als ich noch kleiner war, andauernd Hinweise gab, auf welche Weise man einen Finger oder ein Auge verlieren konnte. Und so gab sie mir noch ein paar Tips für New York mit auf den Weg, die ich gern vergessen würde, aber die schwirren mir immer noch durch den Kopf, und ich lauf in der Stadt herum und fühl mich immer noch so, als wär ich ein Kind – mit dem unterschwelligen Gefühl, daß jeden Moment eine Katastrophe über mich hereinbrechen wird. Sie sagte: »Wenn du auf dem Bürgersteig gehst, geh nie zu dicht an der Kante, denn irgend so ein Verrückter (und New York ist voll von *Meschuggen*, also sieh dich vor) könnte dich vor einen Bus schubsen. Und geh auch nicht in der Mitte, denn ich hab in der *Post* gelesen, daß da wegen dieser vielen Bauerei ständig irgendwelche Sachen links und rechts von den Gebäuden fallen, und in der Mitte vom Bürgersteig ist man am meisten gefährdet. Also geh immer schön dicht an den Häusern; wenn man nie weiter als auf Armlänge von der Wand weg ist, ist das wohl am sichersten.

Und genauso in der U-Bahn, sei immer auf der Hut und BLEIB DICHT AN DER WAND STEHEN! Letzte Woche wurde ein chassidischer Junge von einem schwarzen Goi vor den Zug geschubst. Paß auf dich auf!«

Ich will das nicht, aber ich kann nichts dafür, ständig glotz ich an den Gebäuden hoch und drück mich unten in der U-Bahn an die Wand. Die oberste Selbsterhaltungsregel, die mir beigebracht wurde, lautet folgendermaßen: Immer mit dem Schlimmsten rechnen, und vielleicht trifft es einen dann nicht. Das Schlimmste, was mir in den Augen meiner Eltern zustoßen könnte, wäre, daß ich in jungen Jahren sterbe. Wenn das passieren sollte, würde ich ihnen in unvorstellbarem Ausmaß *Zores* und Kummer bereiten. Und ich wurde dazu erzogen, meinen Eltern das Gegenteil von *Zores* zu bereiten, nämlich *Naches*. Zum Abschluß einer jeden Bar-Mizwa, meiner eigenen eingeschlossen, sagt der Rabbi immer: »Mögen eure Kinder euch weiterhin viel *Naches* bereiten.« Und diese Segnung kam einer Freiheitsstrafe gleich, weil *Naches* nicht einfach bloß Glück bedeutete, sondern es bedeutete beste Schulnoten und Auszeichnungen, den Zugang zu einer erstklassigen Ausbildung und einem Berufsabschluß und als Krönung obendrauf eine jüdische Ehe und gesunde Enkelkinder. Meine Schwester hat sich bestens bewährt, sie ist zwar noch nicht verheiratet, aber sie ist Ärztin geworden; ich hingegen fing an, meinen Eltern *Zores* zu bereiten, als ich achtzehn war und ihnen eröffnete, ich würde nicht aufs College gehen. Das traf sie hart, vor allem meine Mutter. Und ausnahmsweise war es einmal sie, die rumheulte, und es muß irgendwo tief aus ihrer Leber aufgestiegen sein, irgendein alter, wohlverwahrter Haß, ganz häßlich war das, sogar ihr Gesicht, sie kreischte: »DU HAST UNS HINTER-

GANGEN, VERDAMMT NOCH MAL. DU HAST UNS HINTERGANGEN!« Sie sah meine Tränen, und ich rannte aus dem Haus. Sie rief mir nach und sagte: »Es tut mir leid!« Aber ich hab ihr nie gesagt, daß ich das gehört hab.

Ich bin also nicht aufs College gegangen, und sie haben deswegen nicht aufgehört, mich zu lieben. Manchmal sagt mein Vater wohl: »Mein Sohn, der Türsteher.« Und das ist gut so, sie erwarten nicht mehr zuviel von mir, aber es gibt auch Zeiten, da komm ich nach Hause, und ich besuch sie immer noch oft, und da wünsch ich mir, ich könnte wieder in die alte Rolle schlüpfen und sie zum Lächeln bringen, indem ich ihnen erzähl, ich kriegte einen akademischen Abschluß oder ich ginge auf jüdische Tanzabende für Singles. Und ich kann davon träumen, kann davon träumen, daß sie große Stücke auf mich halten, aber ich kann nie wirklich dahin zurückkehren, weil ich immer darüber nachdenken würde, ob ich sie wohl irgendwie hintergehe.

*Sie lutschte an meinem Schwanz, aber es war mehr so,
als würde sie mit ihren Zähnen daran hoch- und run-
terfahren. Ich faßte ihr ins Haar, und es fühlte sich
spröde und unecht an. Ich konnte ihr nicht an die Brüste fassen, weil sie zu weit unten hockte, und überhaupt
mußte man fürs Brüstegrapschen fünf Dollar extra bezahlen. Und ich wollte kommen, bloß um es hinter
mich zu bringen, damit die Erniedrigung komplett
wär. Dann würde sie mich da stehen lassen mit zu den
Knöcheln heruntergelassenen Hosen, einem nassen
Kondom am Pimmel, und die Hure würde im Weg-
gehen (wieder ein Job erledigt) sagen: Bis die Tage.
Und ich steck hier in diesem alten heruntergekom-
menen Park mit seinen verreckenden Bäumen der bloß
noch für nächtliche Huren und Junkies und Suffköppe
seinen Nutzen hat. Und für mich. Dann geh ich in
mein Apartment zurück um mir über der Küchenspüle
das Gesicht zu waschen und mir die Zähne zu putzen
falls ich nicht zu faul bin. Dann geh ich schlafen bin
aber gar nicht müde und denk darüber nach daß mein
Kopfkissenbezug noch aus meiner Kindheit stammt
und daß ich früher für mein Leben gern auf den Abbil-
dungen von Footballhelmen schlief. Und ich denk daran wie meine Mutter den Bezug für mich einpackte*

damit ich in der großen Stadt nicht von Heimweh ge-
plagt werden würde. Ich denk über all solche Sachen
nach und dann schlaf ich ein.

Der ist schrottreif

ES IST KOMISCH, was für Sachen wir vergessen und wie sie uns dann wieder einfallen. Drei Wochen nachdem ich meinen Führerschein kriegte, hab ich unsere Familienkarosse zu Schrott gefahren. Mein Freund und ich holten das Auto für eine Spritztour während der Schule raus, in der Mittagspause war das. Er aß einen Bagel, und zwischen den Bissen sagte er: »Laß uns 'n bißchen Starsky und Hutch spielen.« Ich wollte mit meinen neuerworbenen Fähigkeiten angeben, also sauste ich mit neunzig bis hundert Stundenkilometern über eine kurvenreiche Strecke, wo bloß sechzig erlaubt waren.

Wir hatten einen ziemlichen Spaß dabei, die Freiheit am Autosteuer war uns neu, das war was, worauf wir uns die ganzen siebzehn Jahre der Rücksitzhokkerei hindurch gefreut hatten. Ein paarmal schrammte ich um Haaresbreite an einem Unfall vorbei, aber auf unerklärliche und aufregende Weise kriegte ich das irgendwie noch gedeichselt. Dann kamen wir in eine scharfe Kurve am Ende einer hinterhältigen und steilen Abfahrt. Wir gerieten ein bißchen auf Schotter und kamen zu schnell aus der Kurve heraus. Ich klammerte mich ans Lenkrad, aber ich dachte nicht mal mehr daran zu steuern, es war zu spät, und langsam drehten wir einander die Köpfe zu, ich konnte genau die Fassung seiner Brille erkennen, und ganz still und feierlich sagten wir zusammen: »O Gott.« Und das dauerte bloß eine Sekunde, aber ich merkte, wie ich darauf wartete, an den Baum zu knallen. Ich glaube, ich schloß die Augen, und vielleicht haben wir beide geschrien. Als ich aufwachte, hing ich zusammengesackt über dem Lenkrad.

Mein Freund saß reglos da, starrte bloß durch die Gegend. Alles war still, bloß hier und da knirschte irgendwas. Wir waren eine Böschung hochgejagt, gegen einen großen Baum geknallt, dann verkehrt herum wieder zurückgerollt. Ich stieg aus dem Wagen. Der Motorraum war in zwei Teile zerlegt, der Baum hatte ihn gespalten. Das Dach hatte die Form eines Zeltes, war nach oben zugespitzt und überall aufgesprungen. Die Fahrertür war abgefallen. Die Windschutzscheibe hatte tausend Risse wie ein Spinnennetz. Mein Freund stieg aus.

Er sagte: »Meine Brille.« Wir fingen an, nach seiner Brille zu suchen; sie hing zehn Meter weiter in einem Baum, baumelte in einem Ast, unbeschädigt, ohne Kratzer. Er setzte sie auf. Ich konnte den rechten Arm nicht heben.

»Mit dir alles in Ordnung?« fragte ich.

»Alles bestens. Ich kann gar nicht glauben, daß wir noch am Leben sind. Wie sieht's mit dir aus?«

»Ich kann meinen Arm nicht mehr bewegen, ich glaub, er ist gebrochen.«

Ein Fernmeldetechniker hing oben an einem Mast und reparierte eine Leitung. Er starrte uns an und hielt sich krampfhaft fest. Hätte passieren können, daß wir an seinen Mast knallten.

»Zieht die Schlüssel ab«, schrie er.

Ich zog die Schlüssel ab und warf sie zu Boden. Lehrer, die von der Mittagspause zurückkehrten, kamen vorbeigefahren und warfen uns durchs Fenster Blicke zu. Keiner hielt an. Der Telefontyp zapfte seine Leitung an und rief die Polizei. Ich dachte daran, zur Straße hochzulaufen und per Anhalter nach New York abzuhauen.

»Mein Vater bringt mich um«, sagte ich.

Die Polizei traf ein. Der Bulle, der auf den Anruf reagiert hatte, war Officer Disano, er hatte mir erst vor zwei Monaten Unterricht in Verkehrssicherheit gegeben, und er kannte meinen Vater von der Freiwilligenstreife her. Er sah erst mich an, dann das neue Familiengefährt meines Vaters, und er sagte: »Der ist schrottreif«, und er lächelte breit unter seinem Schnauzbart. Der andere Bulle warf einen Blick ins Wageninnere und sagte: »Was zum Teufel ist denn passiert?« Ich schaute ebenfalls in den Wagen und begriff, daß die komplette Windschutzscheibe und das Armaturenbrett mit Weichkäse bedeckt waren, der Bagel meines Freundes war offenbar geradezu explodiert. Der Bulle dachte, irgendeine komische Körperflüssigkeit sei bei dem Unfall aus uns ausgetreten. Statt mit Blut war mein Auto mit Weichkäse beschmiert.

»Mein Freund aß gerade einen Bagel«, sagte ich.

»Hast du beim Fahren einen Bagel gegessen und dadurch die Kontrolle über den Wagen verloren?«

»Nee.«

Der Krankenwagen traf ein, und ich fing durch den Schock und vor Angst zu heulen an. Sie packten mich auf eine Liege, und Officer Disano half dabei, mich anzuheben. Ich sagte zu ihm: »Tut mir leid«, und ich glaubte, meine Tränen würden vielleicht etwas helfen. Er sagte: »Die Schleuderspur ist knapp dreißig Meter lang. Du mußt ein ziemliches Tempo draufgehabt haben. Ich müßte dich eigentlich aufschreiben, aber ich weiß, daß sich dein Vater schon um dich kümmern wird, Vine«, und er schloß die Krankenwagentüren, und ich dachte insgeheim: Weiß der denn nicht, daß ich Jude bin? Und mir ging auf, daß ich um ein Strafmandat herumkam, weil er glaubte, mein Vater würde mich vermöbeln, aber ich wußte, mein Vater würde mich nicht schlagen, das hatte er noch nie, der konnte sich gar nicht auf diese Weise »um mich kümmern«, aber er würde rumschreien, und die Art und Weise, wie er das machte, wäre um einiges schlimmer als ein paar Prügel. So hatte Disano in gewissem Sinn also recht, er kannte bloß die spezielle Methode nicht.

Die Fahrt zum Krankenhaus ging schnell, und ich heulte den ganzen Weg lang. Mein Freund versuchte es mit einem Witz und sagte: »Sieh's doch mal so, jetzt sind wir wenigstens mal Krankenwagen gefahren.« Beim Krankenhaus karrten sie mich rein, zogen mich aus und röntgten meine entstellte, pochende Schulter. Ich kam in einen Raum mit einem Bett, und ich starrte das Fenster gegenüber im Flur an. Ich wollte da rausspringen, aber ich wußte, wir waren im ersten Stock. Der Arzt kam mit dem Röntgenbild rein und erzählte mir, meine Schulter sei nicht gebrochen, bloß schwer gestaucht, aber ich solle den Arm mindestens eine Woche in einer Schlinge tragen. Er sagte, ich könne zum Schlafen nach Hause, und kurze Zeit später kam meine Mutter, um uns abzuholen. Sie hatte sich den Wagen von einem Nachbarn geliehen und war allein, mein Vater war noch nicht zu Hause, und sie hatte ihm auch keine Nachricht hinterlassen. Als sie ins Zimmer kam, merkte ich, daß sie nicht so richtig wußte, ob sie sauer auf mich oder erleichtert sein sollte, die Stimme meines Vaters schwirrte auch in ihrem Kopf herum, aber sie kämpfte sich durch ihre Verwirrung, und sie küßte mich. Und im Wagen bei der Heimfahrt, als ich sagte: »Ich werd nie wieder Auto fahren«, da sagte sie, sobald mein Arm wieder besser sei, würde sie mich wieder ans Steuer lassen.

Als wir das Krankenhaus verließen, faßte sich mein Freund, der Zeitschriften gelesen und kurz bei mir im Zimmer vorbeigeschaut und Witze gerissen hatte, an die Wange, sah Blut an seinen Fingern und wurde ohnmächtig. Sie legten ihn hin, entdeckten eine kleine Schnittwunde dicht an seinem Ohr und nähten ihm die. Danach fuhren wir los, und er war ganz still, und meine Mutter fuhr ihn nach Hause und ging mit ihm rein, um mit seiner Mutter zu reden. Dann fuhren wir zu uns nach Hause und bogen in die Einfahrt ein. Der Firmenwagen meines Vaters stand da, und er hatte keine Ahnung, was passiert war.

Ich spazierte gleich in den Keller runter und zu seinem Büro. Das liegt hinter einer Tür, und eigentlich ist das nur ein behelfsmäßig umgebauter Vorratsraum mit dem Boiler drin, und wenn man groß ist, kann man da nicht mal aufrecht stehen. Das ist der vollgestopfteste kleine Raum, den ich je gesehen hab, überall hat er wie in einem Nest all die Sachen aufgeschichtet, die er sich nicht wegzuwerfen traut. Er hat da Schränke voll alter Kontobücher und Unterlagen und Kästen voller Schrauben und Nägel und Muttern und Schuhkartons voller Werbegeschenke, Kugelschreiber und Kalender von irgendwelchen Geschäften. Mittendrin in dem ganzen Wirrwarr hängen seine Pistolen und Gewehre an den Wänden und der Decke. Ich klopfte an die Tür und ging rein; er arbeitete an seinem Schreibtisch.

»Dad?«

Er drehte sich um und sah meinen Arm in der Schlinge. »Was ist passiert?« Gleich von Anfang an war er nervös und erregt.

»Ich hab in der Mittagspause den Wagen rausgeholt und bin auf Schotter geraten und ins Schleudern gekommen und dann gegen einen Baum geknallt. Das wollte ich nicht. Bitte reg dich nicht auf, aber ich glaube, der ist schrottreif. Tut mir echt leid.« Meine Mutter hatte zu mir gesagt, ich solle ohne Umschweife damit rausrücken, also hab ich das auch so gemacht, alles erzählt, bloß nicht das mit Starsky und Hutch, das hab ich nie jemandem verraten.

Er schrie mich an und machte zehn Minuten lang einen fürchterlichen Wirbel. Seine Augen rollten wie wild, und er war immer drauf und dran, aufzuspringen und zu explodieren, aber das Büro war dafür zu klein, also saß er einfach da auf seinem Drehstuhl und fuchtelte rum und schrie und zerhackte mit den Händen die Luft. Er machte den Eindruck, als hätte er fürchterliche Schmerzen, und alles, was ich raushörte, drehte sich bloß um Geld und wie er das begleichen könne und wie ich ihm das bloß antun konnte.

»Ich hab dir verdammt noch mal vertraut! Dieser

Wagen hat mich neuntausend Dollar gekostet. Weißt du überhaupt, wieviel das ist? Hast du eine Vorstellung? Oder schmeißt du das einfach zum Fenster raus, als wär's gar nichts? Ich versuch großzügig zu sein, und jetzt kann ich dich nicht mal mehr ansehen. Mein Vater hat mich nie seinen Wagen fahren lassen. Den fuhr ich bloß einmal, an dem Tag, als er starb, und das nur, um meine Mutter aus dem Krankenhaus nach Hause zu bringen. Ich laß dich mit meinem Wagen fahren, und du fährst ihn mir zu Schrott. Du bist ein Idiot, du tust immer so, als wärst du der Oberschlaumeier, aber du bist ein Idiot.« Er keifte noch weiter, als ich aus dem Büro ging, und als ich die Treppe raufstieg, hörte ich ihn schreien: »Ich kann's einfach nicht glauben«, und meine Schulter pochte.

Ich ging auf mein Zimmer und lag heulend im Dunkeln auf meinem Bett. Dann hörte ich auf damit, ich wußte, was zu tun war. Ich kehrte zu seinem Büro zurück. Er hing am Telefon und redete mit den Eltern meines Freundes und wollte wissen, ob sie Klage einreichen würden. Ich nahm eine der Handfeuerwaffen von der Wand. Er sah mich nicht. Ich ging zu einem seiner geheimen Patronenverstecke (für eventuelle Einbrecher) und lud die Waffe so, wie er es mir beigebracht hatte. Ich ging ins Büro zurück und stellte mich leise hinter ihn und wartete, daß er fertig war. Er hängte den Hörer ein und drehte sich auf seinem

Stuhl herum. Ich reichte ihm die 38er mit dem langen dunklen Lauf.

»Dad, erschieß mich bitte.«

Irgendwas trat ihm in die Augen, und er umarmte mich und küßte mich und sagte, es tue ihm leid und er sei dankbar, daß ich noch lebte, und Geld zähle doch gar nichts. Ich hab ihm nicht wirklich geglaubt, aber ich hatte ihn da, wo ich ihn haben wollte, und als er mich umarmte und mir die Ohren vollheulte, da fiel mein Blick auf die Waffe, die jetzt auf dem Schreibtisch lag, und ich spürte, wie etwas finito war, ich haßte meinen Vater und dachte, vielleicht hätte ich Lust, ihn zu erschießen.

Joy

MANCHMAL IST JOY voll auf der Höhe, aber dann wieder bei anderer Gelegenheit wird mir klar, warum sie meine Freundin ist. Wenn sie gut drauf ist, scheinen ihre Emotionen alle am rechten Fleck zu sitzen, und sie redet davon, wie wir Hürden zwischen uns sprengen und kommunizieren und einander lieben. Aber dann wieder, wenn sie nicht so gut drauf ist, erzählt sie mir von den Pillen, die sie in ihrer obersten Schublade aufbewahrt »für den Fall der Fälle«, und daß das Wissen um diese Pillen ihr so was wie ein Gefühl von Sicherheit gibt. Sie sagt Sachen in dieser Art, und ich fang an, mich wohl zu fühlen, weil ich auf vertrautem Terrain bin, denn sie ist wie alle anderen Mädchen, die ich je gekannt hab, nämlich ein bißchen selbstmörderisch veranlagt. Jede einzelne hat mir früher oder später irgendeine Horrorgeschichte von Vergewaltigung oder Belästigung oder inzestuösen Zudringlichkeiten oder Abtreibung oder Selbstmordversuchen erzählt (Joy ist die einzige unter denen, die ich getroffen hab, die ein Problem mit dem Dalkon Shield hatte), und ich frag mich, was zum Teufel geht da draußen bloß vor?

Das letzte, womit Joy mir kam, war neulich spät abends, da rief sie mich an und sagte: »Hast du jemals den Wunsch gehabt, dir das Gesicht aufzuschlitzen?« Ich nahm das eher spielerisch auf, hörte den leichten Unterton von Durchgeknalltheit in ihrer Stimme und antwortete ruhig: »Na ja, manchmal wenn ich mich rasiere, überleg ich mir, daß das ganz schön gefährlich sein könnte, aber ich war nie wirklich drauf und dran, mich auf diese Weise verletzen zu wollen.« Ich dachte, meine ruhige Reaktion in dieser Sache könnte von Nutzen sein, aber sie blieb stumm am anderen Ende der Leitung, und so sagte ich: »Du hast das doch nicht etwa vor, oder?« Damit hatte ich den richtigen Hebel gefunden, und sie rückte wie aus der Pistole geschossen damit raus: »Ich hab mir das überlegt weil alle zu mir sagen wie hübsch ich bin und die denken ich müsse wohl okay sein, die sagen ›Joy du bist so schnuckelig du bist so wunderbar‹, aber ich bin nicht so scheißschnuckelig, ich bin nicht okay, innen drin bin ich krank und niemand sieht das und wenn ich mir das Gesicht aufschlitzen würde vielleicht würden die's dann merken.«

Ich geriet ein bißchen ins Schlingern, entschied mich dann aber, auf tough zu machen: »Ich seh dich morgen abend und geh mit dir zum Chinesen, und stell bloß bis dahin nichts an. Kriegst du das so weit klar?« Sie blieb einen Moment lang stumm, dann sagte sie ja, total sanftmütig. Ich hatte ihr geholfen, das abzuschütteln, der durchgeknallte Unterton war weg, und wir redeten noch ein bißchen rum, und ich besänftigte sie wie einer dieser Profis, wenn's auf Messers Schneide steht. Ich sagte ihr, es würde schon alles in Ordnung kommen, sie solle sich schlafen legen und Sorgen um morgen würden wir uns morgen machen. Ich hängte auf und taxierte mein eigenes Gesicht im Spiegel, ich sah echt ziemlich gut aus, aber es wär mir lieber gewesen, sie hätte mir keine dummen Gedanken in den Kopf gesetzt.

Hintere Tür zum Ausstieg

WENN ICH ECHT BESOFFEN BIN, hab ich immer Sex mit Männern. Das ist geschichtlich erwiesen. Beim ersten Mal, als es passierte, war ich neunzehn und wohnte noch zu Hause, aber ich hatte mich in New York besoffen. Ich war im Village, und es muß nach Mitternacht gewesen sein, und ich hatte schon seit ein paar Stunden heftig getrunken. Ein Mann in der Bar, in der ich war (eine von vielen Bars in jener Nacht), gab mir einen Drink aus, und als ich das Glas leerte, fragte er mich, ob ich nicht noch mit zu ihm kommen wolle, um da noch was zu trinken. Ich glaubte nicht, daß ich in einer Schwulenbar war, es waren auch Frauen da, und so beschwichtigte ich mich, das sei ganz in Ordnung, eine Einladung auf einen Absacker anzunehmen, ich würde zwei Drinks abstauben und dann verschwinden. Wir nahmen ein Taxi zu seiner Bude, und ich erzählte ihm, ich hieße David.

Er war groß und hatte dunkles Haar, und er war Ende Dreißig, und später, als ich ihn anfaßte, waren seine Muskeln beweglich und fühlten sich ganz komisch an unter seiner Haut. Er hatte ein nettes Apartment, er schien reich zu sein, und auf dem Schreibtisch stand ein Bild von seinen Eltern, und ich fragte mich, ob die wohl Bescheid wüßten. Wir genehmigten uns ein paar hochprozentige Drinks, und er ging ziemlich ran und sagte mir, er wolle mir eine Massage verabreichen. Mir bollerte das Herz, und ich sagte: »Aber angezogen.« Also sind wir in sein Schlafzimmer, und kurze Zeit später lutschte ich an seinem Pimmel rum, und er sagte: »Du magst das, einen Schwanz im Mund zu haben.« Und das brachte mich ziemlich auf, eine Tunte nannte mich eine Tunte. Er kam in meinem Mund, und ich suchte mit meiner Zunge danach, es war nicht viel, bloß wie ein bißchen dickflüssiges Wasser in der Höhlung vorne vor meinen Zähnen, aber ich wollte das nicht runterschlucken, und ich ging aus dem Schlafzimmer und spuckte es im Bad ins Waschbecken. Das schien ihn nicht weiter zu stören, ich vermutete, viele Typen mußten das wohl so machen, und als ich mich wieder hinlegte, blies er mir einen, und er aß es. Und dann muß ich ein Weilchen eingeschlafen sein, die vielen Drinks forderten ihren Tribut, und ich schlief auf dem Bauch und erwachte, als er anfing, seinen Schwanz an meiner Arschritze langzuschieben, und ich hielt ihn nicht davon ab. Dann drehte er mich um und legte sich meine Beine auf die Schultern. Er arbeitete sich mit dem Penis in mich rein, und das brauchte ein bißchen, und ich konnte nichts anderes tun, als mit schwacher Stimme zu betteln: »Bitte, mach das ganz langsam, das tut weh.«

Als er fertig war, ging ich und duschte mich. Als ich rauskam, war er sauer auf mich, weil ich die Badezimmertür abgeschlossen hatte, er hatte mit mir da drin sein wollen, und ich dachte: Merkt er denn nicht, daß ich nicht mehr betrunken bin? Ich zog mich an, und ich bat um Geld für ein Taxi zur Penn Station. Ich log ihn an und sagte, ich sei knapp bei Kasse und es gebe einen Frühzug nach Boston, den ich noch erwischen könne, wenn ich mich beeilte, ich hatte ihm gesagt, ich wär aus Boston. Er gab mir fünf Eier und sagte: »Das müßte wohl mehr als ausreichen.« Ich verließ ihn, und er rauchte eine Zigarette, und als ich raus war, nahm ich ein Taxi zur Penn Station, und ich freute mich, als das dann bloß zwei Eier plus Trinkgeld kostete. Ich hatte ihm nicht erzählt, daß es mein erstes Mal war.

Ich erwischte einen frühen Zug zurück nach New Jersey, und ich saß in meinem Plastiksitz. Ich musterte meine Beine, und die feinen Klamotten, mit denen ich nach New York gefahren war, kamen mir schmutzig vor, und es tat mir leid um sie. Nachdem wir unter dem Hudson durch waren und in New Jersey wieder an die Oberfläche kamen, sah ich aus dem Fenster, und es war Morgen, draußen aber noch dunkel. Ich konnte mein Spiegelbild in der getönten Scheibe sehen und versuchte ein breites Lächeln, aber mein Gesicht – wessen Gesicht? – sah immer noch traurig aus. Der Schaffner kam und wollte meine Fahrkarte sehen, ich sah ihm nicht in die Augen, und ich horchte auf den Lautsprecher, der die seltsamen Namen der Jersey-Gemeinden ausrief: Elizabeth, Metro Park, Metuchen, Rahway, Edison. Ich mußte auf die Zugtoilette, und ich warf einen Blick in die Schüssel, bevor ich spülte. Als meine Haltestelle kam, befolgte ich die Vorschriften, es schien mir sehr wichtig, die Vorschriften zu befolgen, und ich benutzte die hintere Tür zum Ausstieg.

Ich spazierte nach Hause, die Sonne war aufgegangen, und meine Mutter machte Eier. Ich fand es ganz unglaublich, daß ich mich ficken lassen konnte und dann nach Hause kommen und meine Mutter machte mir trotzdem noch Frühstück. Mir brannte der Hintern, ich hatte das weiße Sperma des Mannes ausgeschissen, und ich wollte meine Mutter umarmen, um ihr die Ohren vollzuheulen, um ihr zu sagen, daß ich mich hatte ficken lassen und nicht wußte, warum ich das hatte geschehen lassen. Aber statt dessen setzte ich mich hin und aß mein Frühstück, wie soll man seiner Mutter begreiflich machen, daß ihr Sohn sich wie eine Tochter vorkommt.

Als ich fertig war, ging ich nach oben und legte mich auf das Bett meiner Kindheit. Es war ganz still, und ich horchte, und mein Körper war wie ein Haus, und ich konnte hören, wie verschiedene Türen zugeschlagen wurden.

Als meine Mutter mit mir schwanger war, wurde John F. Kennedy ermordet, und sie weinte. Und Jahre später, wenn ich Football sah, wollte sie immer, daß Dallas verlor.

Ebenfalls in der Zeit, als sie mit mir schwanger war, kriegte sie einen scheußlichen Hautausschlag. Ihre Ärzte fürchteten, sie hätte die Masern. Man erörterte eine mögliche Abtreibung, weil der Fötus von der Infektion einen Schaden davontragen würde. Aber meine Mutter wollte dieses Baby, denn ein Jahr zuvor hatte sie eine Fehlgeburt gehabt. Als sie ein bestimmtes Medikament absetzte, verschwand der Ausschlag wieder, und sie waren sich nicht sicher, ob es eine Allergie gewesen war oder doch die Krankheit. In beiden Fällen wußten sie nicht, was das für das Baby, für mich, für Folgen haben würde.

Als ich vor ein paar Jahren meinen Autounfall hatte, kam meine Mutter ins Krankenhaus, und sie sagte erst mal kaum etwas. Aber am nächsten Tag kam sie in mein Schlafzimmer, und sie weinte. Mir fällt jetzt wieder ein, daß ich sie nach dem Grund fragte, und sie sagte: »Ich weine so, wie ich auch geweint hab, als du geboren wurdest, das ist genau so ein Weinen. Ich glaube, ich weine, um Gott zu danken.«

Weil meine Mutter Sachen wie diese gesagt hat und weil sie mich liebt, versuche ich, nie an sie zu denken.

Jimmy Warren

JIMMY WARREN IST EIN kleiner Penner mit einer gebrochenen, platten Nase und einem Seemannsbart. Ich tat so, als wäre ich Schriftsteller, und kreuzte mit meinem gelben Notizblock bei ihm auf und fragte Jimmy, ob er mir mal erzählen könne, wie das so ist, ein Penner zu sein. Er hatte diese typische Bescheidenheit eines Penners und erzählte mir ein bißchen was von seiner Geschichte: »Ich war auf große Fahrt, so Arbeit auf Schiffen, weißt du, und war 'n bißchen am Boxen, hier unten laufen dir 'n Haufen beschissener Künstlertypen übern Weg und behaupten, die wärn Exboxer, aber ich hab wirklich geboxt, ich war Mittelgewichtler, vierundsiebzigeinhalb. Würdest dich ganz schon wundern, was hier unten alles so rumläuft. Aber hauptsächlich auf große Fahrt, und denn kam mein Sohn nach Vietnam, ich hab von dem zwei Jahre oder so nichts mehr gehört, also rief ich meine Exfrau an und wollt rausfinden, wo er steckte. Und mein Schwager war am Telefon, ich sagte: ›Is' Bobby übern Jordan?‹ Er antwortete nichts drauf, also sagte ich, ich wußte ganz einfach, daß er tot war: ›Wo liegt er begraben?‹ Ich wollte das Grab besuchen, die is' da unten in Florida, aber ich wollte hin, und mein Schwager sagte: ›Wir haben ihn einäschern lassen.‹ Die haben mich nicht mal 'nen Scheiß gefragt, einfach seinen Körper einge-äschert, ich wollte sein Grab besuchen, dieses ver-dammte Luder, wahrscheinlich zu billig, den zu be-graben. Einem Vater sollte es möglich sein, daß er das Grab von seinem Sohn besuchen kann. Der Schwager erzählte mir, Bobby wär auf einen Bam-busstecken draufgetreten, wo sie draufgepißt und -geschissen haben, und der hätt sich dem Jungen glatt durch den Fuß gebohrt und er wär an der Infek-tion gestorben. Also bin ich hier raus, hab mich be-soffen und bin seitdem ständig besoffen gewesen. Ich fing mit Johnny Walker Red an, dann kam Fleischman's, dann Bier und jetzt bloß noch Wein. Weißte, da kriegt man irgendwoher eine Pulle oder eine Schachtel Zigaretten, und ich seh die nicht mal kommen, aber auf 'n mal sind sie da, drei oder vier, und bauen sich in einer Reihe auf und versuchen, eine Kippe oder einen Drink zu schnorren, und ich kann's ihnen nicht abschlagen. Die geben mir was, wenn ich was brauch, so läuft das hier, wie bei 'nem Schwung Möwen.«

Ich musterte Jimmys Hände, die er aneinander-rieb, während er redete, und die waren mit offenen grünen Wunden übersät, die nicht heilen wollten, er sagte: »Meine Hände sind so verseucht, das ist eine echte Schande.« Eine der Schultern hing ihm runter und steckte in einer Schlinge, war gebrochen, er hatte kein Hemd an, und ich konnte erkennen, wo das Gelenk auf unnatürliche Weise auseinandergegangen war. Jimmy erzählte mir, er sei auf die Straße gestolpert und von einem Lieferwagen erwischt worden: »Das war gottverdammte Fahrerflucht!« Dann fragte ich ihn, wie lange er schon auf der Straße lebe.

»Ich weiß, daß ich zehn Jahre auf der Straße bin, weil ich fünfzig war, als ich ein junges Mädel bei mir wohnen hatte. Die war 'ne Epileptische. Ich mußte die ins Metropolitan Hospital schaffen lassen wegen der Anfälle, aber dann kam die wieder aus'm Krankenhaus raus, und ich hatte Wodka, die ganze Bude voll, ihre Augen strahlten wie ein Weihnachtsbaum, ich sagte: ›Schätzchen daß du mir das Zeugs nicht anrührst.‹ Aber 'ne Frau weiß, wie sie 'nen Kerl rumkriegt. Sie trank was und schluckte ihre epileptische Medizin dazu. Ich machte 'nen Fehler, ich paßte auf, daß sie sich hinlegte, und dann trank ich weiter, ein Nachbar kam rein, sah das Mädel und rief die Bullen. Wie die kamen, war sie tot. Ich hatte's nicht mal gemerkt. Die steckten sie in einen Leinenbeutel, und der Bulle schmiß sie sich über die Schulter wie 'nen Sack Kartoffeln. Ich schrie drauflos: ›Was macht ihr da mit ihr, was zum Teufel treibt ihr da?‹ Die wollten mir Totschlag anhängen, dachten, ich hätt die umgebracht, aber inzwischen war ich am Trauern und hab drauf geschissen, ob die mich einsperren oder nicht. Die war so 'n wunderschönes junges Mädel, das war 'ne Überdosis Phäno-Barba-Tall und Wodka, und damals war ich fünfzig Jahre alt, und ich hab die Flinte ins Korn geworfen, das war 'ne gottverdammte Überdosis, Phäno-Barba-Tall und Wodka, ich hab die nicht umgebracht. Nu werd ich bald sechzig, dreiundzwanzigsten Dezember, zehn Jahre auf der Straße.« Jimmy vergrub den Kopf in seinen zerschundenen Händen: »Ich kann nicht mehr auf große Fahrt, war noch nie so schlimm zuwege. Ist nicht einfach hier unten, im Winter nicht und im Sommer nicht, is' nicht einfach.«

Ich kritzelte meinen gelben Notizblock mit Jimmys Geschichte voll in jener Nacht und dankte ihm fürs Erzählen und gab ihm fünfzig Cent. Er sagte: »Du kannst mich interviewen, wann immer du willst, frag einfach die Kumpels, wo ich bin, Jimmy Warren kennen die alle.« Seither halt ich immer meine Augen offen nach Jimmy, wie die meisten Penner in der Bowery verschwindet er ab und zu für ein paar Tage. Ich entdeckte ihn einmal bewußtlos auf einer Treppe, sein weißer Bauch quoll rot und blutunterlaufen über die Stufen, sein Arm hing tot und nutzlos aus der Schlinge raus. Neben seinem Kopf lagen abgenagte Hühnerknochen und Erbrochenes. Penner essen normalerweise nichts, und wenn sie's dann doch tun, können sie's nicht bei sich behalten, deswegen krepieren sie schon vor dem Leberversagen an Unterernährung. Zwei andere Penner saßen neben Jimmy, und die waren duckmäuserisch, weil denen wie den meisten Pennern der Fusel ihr Selbstwertgefühl ausgequetscht hat.

»Alles in Ordnung mit Jimmy?« fragte ich.

»Der is' in Ordnung, Sir.«

»Kümmert ihr euch ein bißchen um ihn?« Ich gab diesen fünfzigjährigen Kerlen pro Nase einen Vierteldollar.

»Jawohl, Sir. Wir kümmern uns um den, keine Sorge. Danke, Sir, un' Gottes Segen.« Sie nickten mir zu und lächelten.

Ich ging weg und dachte mir, die hatten es wirklich so gemeint, als sie mir Gottes Segen wünschten. Und dachte darüber nach, und ich dachte an Jimmy Warren, und ich fühlte die anderen Münzen in meiner Hosentasche klimpern.

Seine Augen waren schlecht

ICH VERLOR MEINE JUNGFRÄULICHKEIT in meinem letzten Jahr auf der High-School. Ich hatte eine
sechzehnjährige Freundin mit braunen Zöpfen und
schnuckeligen kleinen Titten, und schön wär's,
wenn ich heute eine sechzehnjährige Freundin hätte. Ich denk an sie, wenn ich nach Hause fahr und an
ihrem Straßenschild vorbeikomme, aber ich hab sie
seit Jahren nicht mehr gesehen. Manchmal hab ich
Lust, sie anzurufen, aber wahrscheinlich ist sie gar
nicht mehr mein Typ.

Wir gingen ungefähr zwei Monate lang miteinander und schmusten ein bißchen im Auto rum.
Dann kam ein großer Einschnitt – ihre Eltern wollten
eines Samstagabends ausgehen. Sie sagten ihr, obwohl sie mich mochten, daß ich nicht rüberkommen
dürfe. Als sie weg waren, rief sie mich also an, und ich
fuhr rüber und parkte den Wagen einen Straßen-
block weiter, wegen der Nachbarn, und schlich mich
hintenrum rein. Wir knutschten ein Weilchen auf
der Couch in ihrer Butze rum, und wir gingen weiter
denn je. Und ich zählte die Bases ab, die noch kamen,

und dachte an Ethan, ich dachte, ich könnte ihn vielleicht zurückgewinnen, könnte seine Zuneigung wiedererringen, indem ich ihm erzählte, wie weit ich gekommen war. Der Gedanke an ihn spornte mich an, und ich schaffte es ganz bis zum dritten Base und lungerte da ein bißchen rum, bis sie sagte: »Meinetwegen kannst du, wenn du willst.«

Ich hatte nicht damit gerechnet, daß mir ein Home Run gelingen würde, und ich lag einfach nur perplex da. Sie wartete und quetschte mir die Hand, und ich saß mit einer Lüge in der Klemme. Ich hatte ihr erzählt, daß ich schon mit älteren Mädchen geschlafen hätte, und wenn sie also irgendwann bereit sei (sie war noch Jungfrau), dann könne ich das schon deichseln, weil ich erfahren sei. Nun war sie also bereit, und ich hatte einen Heidenschiß, und ich wußte nicht, was ich machen sollte, aber das war jetzt nicht die Gelegenheit, um mit der Wahrheit rauszurücken. Ich zwang mich, tätig zu werden, und ich flüsterte ihr zu: »Ich will.« Ich pellte mich aus meiner Unterwäsche, holte meinen Penis raus, legte mich auf sie drauf, piekte ein bißchen rum, und dann wurde ich schlapp. Nachdem ich die ganze letzte Stunde eine Erektion gehabt hatte und eigentlich die letzten vier Jahre hindurch, starb mir mein Penis im wichtigsten Augenblick meines jungen Lebens weg, und mir brach das Herz. Ich drückte ihn an sie dran, und er bog sich halb weg und zog sich so weit zusammen, daß er praktisch verschwunden war, und ich hoffte bloß, sie würde den Unterschied als solchen erkennen. Ich hampelte soviel rum, wie ich nur konnte, versuchte alles mögliche, rubbelte hier und rubbelte da, aber nichts half. Ich haßte mich selbst, und es war mir, als stünde mein Vater direkt hinter mir und schrie: »*Kloz*!«, wie er das mein ganzes Leben lang getan hatte. Ich drückte weiter und betete und heulte fast, dachte schon, ich müsse aufgeben, und da stellte sich Gott doch noch ein, und er wurde steif und glitt da rein, als hätte ich das mein Leben lang getan. Und ich glaube, meine komplette Seele fing einfach breit zu lächeln an, und ich dachte insgeheim, was anderes als das hier will ich von jetzt an gar nicht mehr machen. Ich hielt einfach bloß da drin aus und bewegte mich nicht mal, meine Augen waren geschlossen, und ich war stolz. Dann bewegte sie sich so, wie eine Frau das kann, um noch ein bißchen mehr in sich reinzukriegen, und sie gab einen Laut von sich, einen Seufzer, und womöglich hob sie ihre Hüften bloß ein kleines bißchen an, und ich war überwältigt von ihrer Gegenwart und dem Drang zu kommen, und ich kriegte die Panik, zog ihn mit aller Gewalt raus und ging auf ihrem Bauch los. Ich hatte zehn Sekunden ausgehalten, und sie war sechzehn, und es war ein Ausdruck auf ihrem Gesicht, und ich wollte nie wieder Sex haben.

Sie stand auf und hielt sich das Höschen an den Bauch, damit das Sperma nicht runterrann, und sie sah aus, als würde sie gleich losheulen. Ich hörte, wie sie sagte, und zwar nicht eigentlich zu mir: »Ich glaub's einfach nicht«, und sie ging aus dem Zimmer raus und die Treppe hoch. Es war schlecht gelaufen, und ich saß einfach da, aber in meinem Kopf modelte ich es alles schon ein bißchen um, schmückte die Geschichte aus, so daß sie für Ethan und andere Jungen gut klingen würde. Ich ging ins Bad, und als ich pißte, entdeckte ich die Brille ihres Vaters auf dem Waschbecken. Ich kriegte für einen Moment eine Höllenangst, weil ich glaubte, er sei vielleicht hier im Haus, aber ich wußte, daß er das nicht war. Ich mochte ihren Vater, er war kräftig und selbstsicher und Protestant. Er dachte, ich sei auch einer, sie hatte ihm nicht erzählt, daß ich Jude war, und mir war das ganz recht. Er war ziemlich nett zu mir, und einmal, als ich darauf wartete, daß sie fertig wurde, hatten wir beide uns gemeinsam im Fernseher ein bißchen Sport angesehen, und das hab ich mit meiner eigenen Familie nie gemacht. Und dann setzte ich mir also diese Nickelbrille auf und sah in den Spiegel, aber ich konnte nicht viel erkennen, weil seine Augen so schlecht waren. Ich legte die Brille wieder aufs Waschbecken, und ich dachte daran, sie mitgehen zu lassen oder sie in der Mitte zu knicken, aber ich tat nichts dergleichen, ich vermutete, er würde wissen, daß ich das war.

Suche nach Antworten

ES WAR EINER DIESER TAGE, wo jedesmal, wenn ich aus der Tür raus wollte, irgendwas ganz hinten in meiner Birne mich packte und sagte: Leg dich hin und masturbier noch einmal. Also brachte ich den ganzen Tag damit zu, zwischen Schlummerchen und Träumereien, zwischen bewußtem und unbewußtem Zustand hin und her zu pendeln und die Stunden zu zählen, bis die gebührenfreie Telefonsexansage wechselte. Die wechselt dreimal am Tag. So um Mitternacht rum schließlich, als der Papierkorb zu meiner Rechten mit Papiertaschentüchern voll war, schob ich mich auf einer Woge aus Willenskraft und Mut aus der Tür.

Als ich erst mal auf der Straße war, erfrischte mich die kalte Luft, und ich sprach mich schuldig, weil ich einen perfekt schönen freien Tag gekillt hatte, und verurteilte mich dazu, so weit zu gehen, wie ich konnte, um für diese fürchterliche Faulheit zu büßen, die ich gerade hinter mir hatte. Ich lief bis um eins pausenlos weiter, abgesehen vom Kauf eines Zwiebelbrötchens in einem durchgängig geöffneten Supermarkt, und dann kam ich an der Penn Station an. Ich war nicht allein in der großen Bahnhöhle unter der Dreiundvierzigsten Straße, denn Hunderte von Obdachlosen hatten sich in die Nischen verkrochen, um da zu pennen oder krank zu werden. Ich spazierte ein bißchen rum, und alles war gelb da unten wegen der Lichter, mal abgesehen von ein paar besoffenen Sportfans, die grünlich aussahen und auf Züge Richtung New Jersey warteten. Gelegentlich patrouillierte ein Bulle mit seinem neumodisch geformten Gummiknüppel vorüber, um sicherzustellen, daß bei uns da alles in Ordnung war, und ich denk bei Bullen immer, die wären dick, bis mir dann die schußsicheren Westen unter ihren blauen Hemden einfallen.

Ich setzte mich auf die Rolltreppe, und über mir und neben mir und unter mir hockten, als wär das ein Schwarm Vögel in einem Baum, alte Pennerinnen und gurrten und schnatterten vor sich hin und schüttelten ihre schlappen grauen Gesichter, vertieft in imaginäre Gespräche. Ein paar davon nickten zwischendurch immer mal wieder weg, und die Köpfe fielen ihnen auf die Brust, bis sie sie dann plötzlich wieder hochrissen, ängstlich und auf der Hut. Sie mahnten sich selbst murmelnd, wach zu bleiben, um auf ihre Tüten aufzupassen. Es ist bekannt, daß sie in diesen Bündeln Geld oder Sachen von Wert mit sich rumschleppen, und einzuschlafen könnte bedeuten, einen Fußtritt in die Rippen zu kriegen (und ihre Knochen sind zu alt, um zu verheilen) und wieder mal ein Besitztum einzubüßen. Also sitzen sie da für sich allein und kämpfen gegen den Schlaf, und das sind alles Einzelgängerinnen, denn anders als bei den Kameradschaften, die unter männlichen Pennern bestehen, trauen die Stadtstreicherinnen sich nicht mal gegenseitig über den Weg.

Ich bot der Alten neben mir die Hälfte des Brötchens an, das ich mir gekauft hatte. Sie nahm das Angebot an, mümmelte die Hälfte runter, wickelte den Rest dann in altes Butterbrotpapier und versteckte ihn irgendwo in ihren etlichen Kleiderschichten. Ich beobachtete sie genau, denn über die Jahre hab ich immer wieder diese Phantasievorstellung gehabt, irgendwer hier draußen schleppe eine Perle tieferen Wissens mit sich rum, deren Empfänger ich allein sei. Das ist so was wie die Suche nach dem großen Weisen, und ich nehm das nicht allzu ernst, aber ich hab mir zum Vorsatz gemacht, mit möglichst vielen Leuten zu quatschen, Huren, Pennern, Thekenstehern und Verwandten, aber soweit ich das überblicken kann, hat mir bisher keiner das erzählt, was ich hören will. Und nachdem ich dieser Pennerin was zu beißen gegeben hatte, hab ich mir also gedacht, vielleicht hätte sie nichts dagegen, mir irgendeinen guten Rat zu geben. Vielleicht war sie diejenige, welche.

»Entschuldigung, Ma'am. Ich dachte, vielleicht haben Sie nichts dagegen, mir zu erzählen... Also, ich dreh nämlich irgendwie ab«, platzte ich los, »ich mein, ich bin total unglücklich, ich hab den ganzen Tag in meiner Bude gehockt und weiß nicht, was ich tun soll. Haben Sie vielleicht 'ne Idee?« Wie jedesmal, wenn ich diese Frage stelle, erlebte ich diesen wunderbaren himmlischen Augenblick der Hoffnung, daß *die* Antwort meiner harrt. Sie war so eine Hitzige und legte gleich los, kreischte beinahe in mein Ohr.

»Was erwarteste denn? Klar bist du unglücklich. Ich bin unglücklich, wir sind alle unglücklich, weil die gottverdammten Juden unsern Jesus Christus umgebracht haben. Weißt du doch, weiß doch jeder, und die haben nicht bloß Jesus Christus umgebracht, sondern die sind immer noch da draußen zugange und tun Böses, die haben mir nämlich mein ganzes Geld weggenommen und meine ganzen Kleider weggenommen, haben meine Kinder gegen mich aufgebracht und mich hier auf die Straße gejagt. Die haben's drauf abgesehen, daß ich mich verkauf, aber meinen Körper verkauf ich nicht. Und die hungern uns aus und füttern ihre gottverdammten jüdischen Bäuche fett. Schau dir doch bloß diese Christenmenschen alle an, die hungern und auf Pappe pennen. Juden kriegt man hier unten keine zu sehen. Und ist 'n Jude, dem die Penn Station gehört, kannste mir glauben! Ich hasse die Hurenhunde.«

Sie unterbrach sich für einen Moment, holte tief Luft, und ihre Augen wurden ein bißchen weniger wild. Sie fuhr sich wie eine vornehme Dame mit den Händen über das graue, schmutzige Unkrautbüschel, das ihr Haar war. Sie lächelte mich mit ihrem zahnlosen Mund an, und die graue Haut ihres Gesichts zerknitterte und glitt Richtung Stirn. Sie war jetzt ruhig.

»Ich seh wohl, bist 'n guter Junge«, sagte sie, »mußt wohl prima Eltern haben. Das kann ich alles sehen. Die müssen dir auch erzählt haben, um glücklich zu sein, mußte eine gute Stellung haben. Mit 'ner Stellung kannste alles machen, kannst alles haben, Essen, Geld, ein Haus. Weißte«, sie lächelte wieder und erklärte es mir, »ich hab keine Stellung. Ich versuch, eine zu kriegen, aber noch hab ich keine. Aber du bist jung, such dir 'ne Stellung, und die geldhungrigen Juden werden dich nicht auf die Straße setzen.«

»Bin selber Jude«, sagte ich.

Schockiert riß sie den Kopf zu mir herum und sagte: »Und du hast keine Stellung?«

Einmal hab ich zu meinem Vater gesagt: »Ich kann's nicht ertragen, wie du ißt.« Aber das hielt ihn nicht ab. Letztesmal, als ich zu Hause war, unterhielt ich mich mit meiner Mutter am Küchentisch, und er kam ins Zimmer und sagte: »Ich hab Hunger.« Er erwartete, daß man ihn fütterte, erwartete das wie ein kleiner Vogel im Nest, der seinen durchscheinenden rosigen Kopf hochhält und den Schnabel aufreißt, damit ihm Nahrung ins Maul gestopft wird.

Also stand sie auf, um ihm was zu machen, er weiß sich nicht selber zu helfen, und ich bin rauf in mein Zimmer und hab mich eingeschlossen. Aber durch die geschlossene Tür und über die Treppe hinweg konnte ich ihn kauen hören. Ich konnte ihn kauen hören, als wär er direkt neben mir, hörte diese Geräusche, und ich saß an meinem Schreibtisch, warf mich dann auf mein Bett und zog mir das Kissen über den Kopf, bis er damit fertig war.

Dann kam er die Treppe rauf und in mein Zimmer. Er wußte nicht, daß ich aus Abscheu vor ihm halb gestorben war, und er sagte: »Ich will auf den Arm. Ich bin melancholisch aufgelegt.« Den Ausdruck hatte er neu aufgegabelt, und ich bin aus dem Bett raus und hab ihn umarmt. Ich hielt meine Hüften auf Abstand, so daß wir uns unter der Gürtellinie nicht berührten, und er legte mir seinen

Kopf auf die Schulter. Vielleicht hat er sogar ein bißchen geweint, und ich wandte den Kopf zur Seite, so daß seine Haare mir nicht in den Mund kamen.

Mizwa

TANTE DOLL RIEF MICH AN und sagte, ich solle jeden Tag eine *Mizwa* ausüben. Sie sagte, sie unterstützt einen blinden Jungen, der vor Alexander's sitzt. Sie bringt ihm in einem Henkelglas Kaffee raus und veranlaßt die reichen jüdischen Damen, ihm Geld zu geben, indem sie sie herüberwinkt und ihnen mit dem Kopf Schuldgefühle zunickt.

»Der sitzt da draußen von zehn Uhr morgens bis um sechs, und wenn ich dem nichts zu beißen geben würde, bißchen Thunfisch, würde der gar nichts essen. Das ist ein Italiener, und er heißt Juliano, ich nenn ihn Julie. Eine von den Frauen hat mich gefragt, ob er mein Sohn wär, und ich sagte nein, aber ich wär froh, hab ich gesagt, wenn ich so einen Sohn hätte. Er ist blind.«

Tante Doll hat nie Kinder gehabt, ihr wurde die Gebärmutter entfernt, als sie neunzehn war, und meine Mutter ist ihre Nichte, aber fast wie eine Tochter für sie, also bin ich so was wie ein Enkelkind. Und mich hat sie immer am meisten gemocht, weil ich rothaarig bin wie sie. Sie sagte mir, wenn die Leute was Nettes über meine Haare sagten, solle ich dreimal ausspucken und ein *Cunnahurra* sprechen für den Fall, daß sie mir einen bösen Blick zuwarfen. Sie sagte, ihr Problem im Leben bestehe darin, daß sie zu viele böse Blicke auf sich gezogen habe, von denen sie gar nichts mitgekriegt habe. Aber sie sagt auch, die beste Vorsorge gegen einen bösen Blick, die es gebe, sei eine *Mizwa* jeden Tag. Sie sagte, ich könne eine ausüben, indem ich den älteren Damen im Supermarkt mit ihren Taschen behilflich sei, besonders jetzt, wo der Winter im Anmarsch sei. Also beschloß ich, das mal zu versuchen, aber keine wollte mich ranlassen. Das sind alles Italienerinnen im Super T-Bone Market an der Mott Street, wo ich einkaufe, und wenn die mit Einkaufen fertig sind, schleppen sie die Plastiktüten voller Lebensmittel ums Handgelenk gewickelt davon, und das schneidet denen die Blutzufuhr zu den Händen ab, und ich hasse es, das mit ansehen zu müssen. Die Knöchel sind ihnen schon fürchterlich angeschwollen, und sie haben eine fette Schultermuskulatur von der jahrelangen Schufterei. Die meisten von denen haben ihre Ehemänner überlebt.

Ich fragte diese eine Lady, ob ich ihr behilflich sein könne, und ich glaub, sie verfluchte mich auf italienisch, und sie hatte haufenweise kleine Hautfetzen unter den Augen hängen. Danach beschloß ich, den Versuch, *Mizwas* auszuüben, abzublasen, und ging raus. Ich ging über die Straße, und ich lungerte ein bißchen vor Parisis Bäckerei rum und starrte die frischen Brötchen an, und von meinem Atem beschlug das Schaufenster ein bißchen, weil's draußen ziemlich kalt war. Als ich mich umdrehte, kam die alte Dame, die mich verflucht hatte, aus dem Supermarkt raus, und als ich gerade hinschaute, kam ein Latino-Bengel vorübergesaust und kreischte rum, und die alte Dame kippte aus den Latschen. Es braucht nicht viel, um die Pumpe einer alten Dame aus dem Takt zu bringen, und sie lag auf dem Rücken da mit ausgebreiteten Armen wie ein gefallener Engel. Irgendwie schnürten sich die Plastiktüten immer noch fest und unablöslich um ihre Handgelenke. Ihr Kleid rutschte ein bißchen hoch, und ich konnte sehen, daß ihre Strümpfe oben wulstig zusammengebunden waren und sich in der Mitte kompressenartig um ihre Schenkel wickelten. Es betrübte mich, daß ich ihr aus Versehen den bösen Blick zugeworfen hatte, und ich flitzte zu ihr rüber, und so vorsichtig ich konnte, wälzte ich sie zur Fußwegkante an der Straße, und als ihre Füße da rüberragten, war sie in der Lage, wieder aufzustehen, indem sie sich auf die Straße runterließ. Sie war ein bißchen verstört und ließ es zu, daß ich sie zu ihrem Wohnblock zurückbrachte, der bloß zwei Straßenzüge entfernt im Herzen von Little Italy in der Grand Street lag. Den ganzen Weg über sprachen wir kein Wort, und ich trug die Lebensmittel, und als wir die Tür erreichten, bemerkte ich ein bißchen schlammartiges Blut, das dicht am rechten Knie aus ihrem Strumpf gesickert kam. Sie wühlte den Schlüssel aus ihrer Manteltasche und holte ihr Portemonnaie raus. Sie war im Begriff, mir Geld zuzustecken, und ich sagte: »Nein, danke«, und ich setzte ihre Lebensmittel ab, und ich rannte davon. Ich lief den ganzen Weg zurück zu meiner Bude und rief Tante Doll an und wollte ihr erzählen, ich hätte gerade eine *Mizwa* ausgeübt, aber sie war nicht da, sie war wahrscheinlich bei Juliano.

Filmstar

MEIN FREUND RIEF letzte Nacht an und sagte:
»Alexander, wollen wir los auf einen Einkaufsbummel?« Das war schon nach Mitternacht, und ich war
weiter nicht beschäftigt, also antwortete ich: »Klar
komm ich mit auf 'nen Sprung.« Ich nenn ihn gern
den Herrn Einkaufsbummler, aber in Wahrheit
heißt er Adam, und er ist Jude wie ich, deswegen
kommen wir prima miteinander klar. Eine halbe
Stunde nach seinem Anruf war er draußen vor dem
Haus und betätigte die Hupe seines blauen 1978er
Dart. Ich flitzte die Treppe runter, sprang in den Wagen und schüttelte ihm die Hand. Ich hatte ihn ein
Weilchen nicht gesehen, und er war fein gekleidet
und lächelte übers ganze Gesicht, aber er sah ziemlich schlimm aus. Er wohnt bei seinen Eltern, und
die schikanieren ihn, und er arbeitet im Teppich-
laden seines Vaters, darum ist er mit den Nerven
ziemlich runter. Sein Magen ist nicht in Ordnung,
und das Haar geht ihm vorzeitig aus. Er ist nicht gerade der Allerschönste, aber das macht mir nicht
wirklich was aus, weil wir nichts anderes zusammen

machen, als wegen Huren loszuziehen, und dafür muß man nicht gut aussehen.

Wir fuhren mit einem ziemlichen Zahn rüber zum Lincoln-Tunnel, und ich konnte sehen, daß er darauf brannte, da hinzukommen, er hatte ein ganzes Weilchen nicht mehr sein Quantum Huren gehabt. Wir kreuzten so zum Aufwärmen die Eleventh und die Tenth Avenue zwischen der Dreiunddreißigsten und der Vierundvierzigsten Straße rauf und runter und machten eine Art Schaufensterbummel, um die verstreuten Kollektionen von Huren an den Straßenecken in Augenschein zu nehmen. Außer den Mädchen gibt's in diesem Teil der Stadt nicht viel zu sehen, mal abgesehen von alten Lagerhäusern und riesigen Hinweistafeln mit Anweisungen, wie man in den Tunnel einfahren soll. Wir beobachteten die Huren dabei, wie sie ihren Verrichtungen nachgingen – Autos zuwinken und lächeln, mit dem Finger Zeichen machen, man solle rüberkommen, 'ne Titte sehen lassen und sich durchs Autofenster beugen und sagen: »Suchste ein Date, Schätzchen?« Und wir fuhren einfach bloß da rauf und runter, er war noch nicht soweit, sich eine auszusuchen, und wir hatten beide eine Hand in der Hosentasche, um unsere Ständer bei Laune zu halten.

Wir kutschierten so ungefähr eine Viertelstunde lang rum und hörten Jazz im Autoradio. Die brachten ein Special über Benny Goodman, und es war eine kalte Nacht, und die Heizung brummte mit der Musik mit. Ich liebe Benny Goodman, aber immer, wenn ich meinem Kumpel ins Gesicht sah, verging mir die Laune, und mir wurde ganz anders. Mir fiel so langsam auf, daß er die ganze Zeit, die wir zusammen waren, nicht zu lächeln aufgehört hatte, und das war diese Art Lächeln, die ich überhaupt nicht leiden konnte. Die Lippen hatte er krampfhaft zurückgezogen, und seine großen Zähne standen vor, und seine Augen strahlten ganz euphorisch. Ich hatte ihn schon einmal so gesehen, als wir in einem dieser Läden auf der Seventh Avenue waren, wo man einem Mädchen einen Drink ausgibt, der fünfzehn Eier kostet, und die quatscht dafür zehn Minuten mit einem. Ich erwischte kein Mädel, sondern saß einfach bloß da und nippte ein Soda, während er sechzig Eier für Drinks springen ließ, um mit einer zierlichen und trotzdem vollbusigen Dominikanerin zu quatschen. Er saß fast eine Stunde da und hielt ihr das Händchen, und er hatte denselben Gesichtsausdruck drauf wie jetzt im Wagen. Es ärgerte mich, ihn wieder so sehen zu müssen, darum fing ich an, ihn runterzumachen, damit's mir selber besser ging.

»Was tust du so glücklich? Denkste, diese hübschen Huren haben bloß auf uns gewartet? Bildeste dir ein, die mögen dich oder was?«

»Weiß nicht, manche von denen wohl schon. Ich glaub nicht, daß sie das machen würden, wenn sie's nicht gerne täten. Paar von denen haben gesagt, ich hätt feine Augen und feine Haut. Weißt du, die finden, weiße Männer sehen gut aus, wegen des Farbunterschieds. Manche von denen haben mir gesagt, ich würde gut aussehen.«

Ich hatte dergleichen schon mal von ihm zu hören gekriegt, und nachdem er mit seiner kleinen Ansprache fertig war, blies ich ihm den Marsch: »Wann wirst du dir endlich darüber klar, daß die das nicht gerne machen und daß die das auch mit dir nicht gerne machen? Du bist nichts weiter als noch so einer mit 'nem Zehndollarschein, der drauf angewiesen ist, es sich besorgen zu lassen, weil er keine Frau findet, die's umsonst macht.«

Das Lächeln verschwand aus seinem Gesicht, und plötzlich hatte ich ein schlechtes Gewissen, weil ich ihm seinen tollen Abend verdarb. Es war nicht richtig von mir, ihm so zuzusetzen, keiner ist empfänglich für die Vernunft, wenn man von seiner Sucht spricht, und die Sucht meines Freundes waren Huren. Also beschloß ich, einen Gang zurückzuschalten und nicht mehr schlechter Stimmung zu sein, selbst wenn ich so tun mußte, als ob. Ich versuchte ihn wieder aufzuheitern, und das war nicht allzu schwer. Ich entdeckte zwei Huren an der Ecke Neununddreißigste.

»Sieh dir mal die Beine von der Rechten da an. Willste die nicht? Fahr mal rüber, wenn du die haben willst, die sieht höllisch sexy aus.«

»Nee, die nicht. Ich will eine, die mir echt gefällt.«

»Dann nur zu, irgendwo hier draußen ist die, und wir finden sie. Wir werden schon eine Schönheit auftreiben, die dir perfekt das gibt, was du heut nacht brauchst.«

Das schien ihn aufzuheitern, und das Lächeln kehrte ansatzweise zurück, und wir fuhren weiter die Avenues rauf und runter. Es waren viele Mädels unterwegs, die stehen meistens in Dreier- oder Vierergrüppchen an den verschiedenen Straßenecken rum, und alle sehen sie sexy aus, aber man muß schon ein gutes Auge haben, denn manche von denen, die durch die Windschutzscheibe ganz gut aussehen, bieten ein ziemlich heftiges Bild, wenn man sie erst mal vorn auf dem Sitz hat. Wenn man nicht aufpaßt, erwischt man einen Transvestiten mit belegter Stimme, aber das macht auch nicht wirklich etwas, außer man hat besondere Vorlieben.

Schließlich entdeckten wir eine, die er wollte, er sagte: »Sieh dir die an! O mein Gott, das ist die, auf die ich scharf bin, die ist 'n Filmstar!« Es war eine Weiße in guter Verfassung, was ziemlich selten ist, die einzigen weißen Mädchen auf der Straße sind normalerweise heruntergekommene Junkies, die nicht mehr lange zu leben haben. Aber diese hier war echt okay, und im übrigen stand sie auf der anderen Seite der Eleventh Avenue, drum mußten wir die Sechsunddreißigste ganz bis zum West

Side Highway runterrauschen und dann die Siebenunddreißigste wieder hoch. Er fuhr so schnell, wie er auf den schlaglochreichen Pisten nur konnte, und ich hielt mich fest, aber als wir wieder an die Ecke kamen, stieg sie gerade in einen Wagen mit Jersey-Kennzeichen ein.

Wir gurkten noch ein bißchen weiter rum und warteten, daß sie mit dem Job fertig wurde, und als sie an einer anderen Straßenecke wieder abgesetzt wurde, ging sie uns wieder knapp durch die Lappen. Sie war die gefragteste Hure der ganzen Straße, weiß, jung und hübsch, und sowie sie aus einem Auto ausstieg, wurde sie vom nächsten aufgelesen. Wir verpaßten sie noch ein weiteres Mal, es war schwierig abzuschätzen, wo sie wohl als nächstes abgesetzt wurde, und dann war sie mehr als eine halbe Stunde lang verschwunden. Wahrscheinlich wollte irgendwer mehr, als sich nur einen blasen zu lassen, aber wenn sie eine gute Hure war, kriegte sie's vielleicht sogar ohne Vagina hin. Die haben da so einen Trick, sich auf einen draufzusetzen und ihn sich an die Arschbacken zu klemmen und da einzuquetschen, daß man glaubt, es wär echt gewesen. Damit sparen sie sich Verschleiß, und wenn ein Typ das doch mitkriegt, ist er wahrscheinlich zu geschockt und beschämt, um was zu sagen.

Also fuhren wir weiter rum und warteten, und er wurde zusehends wütender. In einer Tour sagte er:

»Wo steckt die bloß? Wo steckt die bloß?« Und dann, nach ungefähr zwanzig Minuten, verschwand der krankhafte Schimmer aus seinen Augen, und seine Schultern entspannten sich, und er sagte: »Ich will nach Hause.« Ich hätte es ihm durchgehen lassen können, er hatte das noch nie gemacht, aber ich hatte schon viel zu lange in diesem Auto gesessen, und ich wollte unterhalten werden. Ich fing an, ihn zu beschwatzen, daß er noch ein bißchen weiter rumgurken solle, daß sie jetzt jeden Augenblick wieder auftauchen müsse und daß sie es wert sei. Ich hielt ihn ein Weilchen bei Laune, indem ich ihm erzählte, wie hübsch sie wär, und schließlich sagte ich, wenn sie nicht in fünf Minuten wieder auf der Bildfläche erschiene, würden wir abdampfen, und gerade als ich es gesagt hatte, entdeckten wir sie an der Ecke und waren die ersten, die hinkamen.

Er kurbelte sein Fenster runter, und sie sagte das Übliche: »Willste einen geblasen kriegen?« Er nickte zustimmend, er war sprachlos, und sie sagte: »Okay, aber ich tu's nicht mit deinem Freund da im Wagen. Keine Gratisvorführung.« Das sollte mir so weit recht sein, sie wußte, daß es genug Durchgeknallte gab in New York, und ich respektierte das, also tauschten sie und ich das Terrain, Beifahrersitz gegen Straße. Das gab mir Gelegenheit, sie mir mal von nahem anzusehen, sie war ein kräftig gebautes, strammes amerikanisches Mädchen mit langen braunen Haaren und einem hübschen Gesicht. Sie war wahrscheinlich zu Hause abgehauen und ungefähr siebzehn Jahre alt, aber mit dem ganzen Make-up sah sie aus wie dreißig. Ich schloß hinter ihr die Tür als der elegante Türsteher, der ich ja bin, und sagte ihm, ich würde an der Straßenecke warten. Sie fuhren davon, um sich einen ruhigen, verlassenen Parkplatz zu suchen.

Ich ging ein Stück und lehnte mich an ein altes Lagerhaus an der Ecke Einundvierzigste. Ein paar Huren sprachen mich einmal an, und ich erzählte ihnen, ich sei nicht interessiert (mir war nicht danach, das Geld in den Wind zu schießen), und eine von ihnen zeigte mir den Stinkefinger, und eine andere sagte: »Zieh Leine hier, Typ, du versaust uns das Geschäft, biste Bulle oder schwul?« Zum Glück fuhren gerade ein paar Wagen rechts ran, und sie ließen mich stehen. Ich beobachtete sie bei ihrem Job, die Mädchen kamen und gingen, und sie arbeiteten sogar auf der Straßenseite gegenüber, wo ein paar Greyhound-Busse parkten. Die Fahrer kommen die drei Straßenzüge vom Hafenamt rüber, um eine schnelle Nummer durchzuziehen, bevor es auf lange Tour geht. Ich nahm diese ganzen Eindrücke in mich auf, aber nach einem Weilchen wurde mir kalt, und ich hatte so langsam das Gefühl, mein Freund sei länger unterwegs als die üblichen zehn Minuten, die die ganze Prozedur dauert. Ich überlegte, was wohl passiert sein könnte, manche Huren tragen Messer oder Schlagstöcke bei sich, und dann war eine von den Huren, die mich zuvor angequatscht hatten, eine betagtere mit goldener Perücke, wieder aufgekreuzt und zeigte auf mich. Sie fing an zu lachen und rief den anderen zu:

»Hey, Mädels, schaut mal, wer da noch immer rumsteht. Was glotzte'n so, Kleiner? Versuchste rauszufinden, wie man's macht? Warum probierste's nicht mal selber? Hosen runter und ab an die Arbeit! Kommt, Mädels, den schicken wir anschaffen, gib mir mal wer 'n Kleid!«

Sie lachte wüst drauflos, und die anderen Huren lachten mit. Aber bevor sie mich auszogen, aufdonnerten, mir eine Perücke über den Schädel klatschten und mich in eine Hure verwandelten (und weiß Gott, vielleicht hätte mir die Verwandlung ja gefallen), kam mein Freund angefahren. Der Filmstar stieg aus und stolzierte davon, und ich hüpfte schnell zu ihm rein. Die ganze Geschichte hatte mich erhitzt, und ich war erleichtert, aus der Sache rauszukommen, und auch erleichtert, daß mein Freund noch heil und ganz war. Wir fuhren Richtung Downtown zurück, und er war ganz still, und ich war neugierig, wie's gewesen war.

»Nu erzähl schon, wie war der Filmstar?«

»Ehrlich gesagt, war sie nicht wirklich gut, weißt du, mit den Zähnen und so, aber hübsch war sie. Und die ist wirklich Schauspielerin.«

»Kann ich nicht glauben. Wieviel hat es gekostet?«

Er zögerte, sagte dann: »Fünfunddreißig.« Es war ihm peinlich, denn er wußte, daß das viel zuviel war. Die verlangen alle zuerst fünfunddreißig, und dann handelt man sie auf zehn oder fünfzehn runter. Die sagen erst mal fünfunddreißig für den Fall, daß sie gelegentlich mal einen von diesen Grünschnäbeln in die Finger kriegen, die die Preise noch nicht kennen, aber er war erfahren genug. Ich konnte nicht begreifen, wie das hatte passieren können.

»Konntest du sie nicht runterhandeln?«

»Nee.«

Das war mir unbegreiflich, also sagte ich: »Wahrscheinlich verlangt die mehr, weil sie 'ne Weiße ist«, und dann fügte ich noch hinzu: »Und wieso hat das überhaupt so lange gedauert?«

Seine Lippen begannen zu zittern, die Anspannung der ganzen Nacht machte sich nun langsam bemerkbar. Er war den Tränen nahe und fing an zu quatschen, die Beichte kam ihm über die Lippen.

»Ich zahlte fünfunddreißig und versuchte nicht mal, sie runterzuhandeln, weil ich sie mochte. Aber es hat so lange gedauert, weil ich nicht kommen konnte. Ist das erste Mal, daß so was passiert ist. Alles lief zuerst wie am Schnürchen, nach dem ganzen Rumgegurke war ich so erregt, und ich fing an, ihr mit den Fingern durchs Haar zu fahren, das war so schön, aber als ich das machte, hörte sie auf und sah zu mir hoch, als wär ich nicht ganz bei Trost, und sie keifte mich an: ›Bring mir bloß nicht mein Haar durcheinander, rühr das nicht an.‹ Als wär ich abstoßend oder so was. Mir ging die Erektion flöten, und sie versuchte mich wieder in die Gänge zu bringen, aber die Stimmung war futsch. Ich wußte nicht, was ich mit meinen Händen anfangen sollte, ich hielt die nur so in die Luft, und da gab sie dann auf und sagte: ›Du kannst nicht kommen? Wußt ich doch, daß mit dir was nicht stimmt, fahr mich zurück.‹ Ich kann's nicht begreifen, ich mein, was soll denn das, wenn man denen nicht mal in die Haare fassen kann, ich meine, was soll denn das?«

Er tat mir leid, und ich wollte meine Hand überreden, daß sie da rüberlangte und ihm an die Schulter faßte, aber ich brachte es einfach nicht über mich. Wir fuhren schweigend in meine Straße zurück, und er und ich, wir wußten beide, daß das alles irgendwie meine Schuld war. Als er vor meiner Tür anhielt, stieg ich aus dem Wagen, und wir verabschiedeten uns nicht, und er war weg, bevor ich noch den Schlüssel aus der Hosentasche hatte.

Ich ging rüber und setzte mich auf die Stufen, und es war kalt draußen, aber ich war noch nicht soweit, daß ich rein wollte, darum zog ich mir das rechte Hosenbein hoch und fuhr mir mit den Fingern über das Schienbein und fühlte die Knubbel am Knochen, wo ich vor fünfzehn Jahren beim Fußballspielen einen

Tritt abbekommen hatte. Ich saß da und hoffte irgendwie, daß irgendwer, den ich kannte, vorbeikam, aber es war schon fast drei, und ich kenn nicht viele Leute. Ich warf einen Blick Richtung Grand Street runter, um zu sehen, ob Goldie an der Ecke stand, ich hab da schon seit Monaten immer wieder Ausschau gehalten, aber sie ist nicht in diesen Teil der Stadt zurückgekehrt, und ich weiß nicht, wo sie ist. Als ich mit meinem Schienbein fertig war und als mir kalt genug war, ging ich rauf auf meine Bude und erklärte den Abend für beendet.

Little Finland

JOY UND ICH HABEN eine kleine Bar ausfindig gemacht, die Little Finland heißt. Wir gingen da rein und bestellten uns jeder ein Bier, und ich bemerkte die Jukebox, und als ich rüberging und einen Blick darauf warf, waren alle Lieder auf finnisch. Ich warf ein paar Vierteldollarstücke ein und da kam polkaartige Musik raus und ich nahm Joy bei der Hand und wir fingen in kleinen Kreisen um die hölzernen Tische herum zu tanzen an. Das war so ein runtergekommener Laden mit einer langen Theke und zwei Billardtischen ganz hinten. Ein alter Säufer war da und starrte über sein Getränk hinweg den Fernseher an, und zwei stämmige häßliche Besoffene spielten Pool-Billard. Ich glaub, wir waren die ersten, die da jemals getanzt haben. Ich hielt sie eng an meinem Körper und unsere Arme steif und abgewinkelt, und ich flüsterte ihr ins Ohr. Ich tat so, als sei ich ein finnischer Soldat, der gerade aus einem brutalen dreijährigen Krieg zurück war, und sie, die vor drei Jahren meine zukünftige Frau war und Tochter eines angesehenen Landbesitzers, hatte geglaubt, ich wär tot, und sich deshalb mit einem reichen Jungen mit gutem Schulabschluß verlobt, und ich war am Abend der Hochzeit zurückgekehrt und das war jetzt der große Ball und ich steckte noch in meiner drekkigen Uniform und sie war schockiert bei meinem Anblick, alle waren sie schockiert, und ich hatte sie um einen Tanz gebeten und ich hielt sie im Arm. Ich flüsterte ihr mit einem nachgemachten finnischen Akzent zu, ich wolle sie ein letztes Mal lieben, auch zum ersten Mal, bevor sie in ihr Ehebett klettere. Ich erzählte ihr, ich wär im Krieg um ein Haar ums Leben gekommen und mein rechtes Bein sei von einer Infektion brandig geworden, aber ich hätte nie die Hoffnung verloren, sie wiederzusehen. Und ich sagte Joy, sie solle heulen und betteln und zu mir sagen, es sei zu spät, um die Hochzeit noch abzublasen, und da hielt ich sie nur noch fester in den Armen. Ich glaubte an meine Rolle, und die Musik war ganz wundervoll, wir schlitterten über den Fußboden, und die Billardspieler hatten ihr Spiel unterbrochen, um uns zuzuschauen. Der größere von denen, ein riesiger, rumstolpernder Typ, kam nach dem dritten Lied rüber und fragte: »Krieg ich auch einen Tanz?« Und ich flüsterte Joy zu, das sei ihr Zukünftiger und jetzt sei der Zeitpunkt gekommen, um das Geld und das Land und ihre Eltern zu vergessen und mit mir durchzubrennen, für immer und ewig. Also rannten wir aus dem Little Finland raus, und der Besoffene am Tresen drehte sich nach uns um, und wir liefen auf die Straße, und als wir in Sicherheit waren, blieben wir stehen, und ich steckte immer noch in meiner Rolle drin, und ich küßte sie.

Schneesturm

ES SCHNEITE, ABER ICH ließ nichts in meinen Mund kommen, und ich versteckte mich in Bars und trank und blieb schließlich besoffen im Uncle Charlie's auf der Greenwich Avenue hängen. Der Fusel machte mich glücklich und ich lachte über ein paar küssende Jungen, Jungen im Uni-Dress der St. Joseph High School. Ein muskulöser Latinotyp sah mir beim Lachen zu und warf ein Auge auf mich und nach ein paar Minuten Augenwerfen kam er rüber und gab mir einen Drink aus und ich ließ ihn machen, aber ich wollte nicht mit ihm tanzen. Wir quatschten ein Weilchen und ich bemerkte, daß meine Hände flatterig waren, und ich sah mir meine Finger an und sie schienen sehr schmal und feminin in ihren Bewegungen; ich wickelte sie um Gläser mit Cola-Rum, ich steckte sie mir in die Haare, ich berührte seinen Arm und sein Name war Juan-Antonio und als er mich zu sich auf die Bude einlud sagte ich ja.

Während wir hinspazierten, erzählte er mir, er sei topfit gesund, und ich vermutete, daß das der neueste Jargon war, ich hatte schon ein Weilchen nichts mehr mit einem Mann angefangen, und ich sagte ihm, ich sei auch topfit, und wir hatten das schon mal geklärt, und der Schnee fiel immer noch, und meine Füße wurden naß. Sobald wir in seiner kleinen Bude waren und die Jacken aus hatten, griff er von hinten nach mir und fing an, sich an mich zu drücken und mir mit seinen Händen unters Hemd zu fahren. Ich preßte die Ellbogen nach unten und sagte: »Noch nicht, ich will erst 'nen Drink.« Also tranken wir ein bißchen was auf seiner kleinen Couch und er hatte sehr dunkles Haar und er versuchte mich zu küssen und ich drehte den Kopf weg, ich fühlte unsere Bartstoppeln aneinanderkratzen und ich mochte das nicht. Und er fing an mir die Hose aufzumachen und ich leistete weiter Widerstand, aber er war kräftig und seine Augen sahen nicht bösartig aus, darum gab ich nach, ich wollte das jedenfalls. Aber seine Hände, als die erstmal frei waren, waren flink, viel zu flink, auf meiner Brust, auf meinem Bauch, in meiner Unterhose, an meinen Schamteilen. Ich stand auf, ich war betrunken. »Zuviel«, sagte ich und schaffte es an ihm vorbei, aber er hatte mir Hose und Unterhose runtergerissen, deswegen waren meine Beine gefesselt, ich konnte nicht gehen, er erwischte mich von hinten, quetschte mir die Hüften, ich fing an wegzuhüpfen, wir waren wie festgeleimt, ich sagte: »Wo ist das Schlafzimmer?«

Unsere Klamotten hatten wir in null Komma nichts vom Leib und wir wälzten uns ein bißchen rum und ich spürte seinen Schwanz über meine Schenkel scheuern und es erregte mich, mit jemandem zusammen zu sein, der auch einen Penis hatte, und er sagte, er wolle in mich rein. Ich fragte ihn, ob er ein Kondom habe, und er sagte ja. Also drückte ich mein Gesicht in sein Kissen und streckte meinen Hintern in die Höhe und schloß die Augen. In meinem Kopf drehte es sich ein bißchen vom Alkohol, aber ich war bereit. Er schmierte mir etwas Creme in meinen Hintern und drang da nach und nach mit einem oder zwei Fingern ein. Dann fing sein Schwanz an rumzuhämmern, und mein Arsch hatte zu kämpfen, um ihn reinzulassen, und die paar Male, wo ich das gemacht hab, hat's zu Anfang immer weh getan, aber wenn man darüber hinwegkommt, fühlt es sich langsam gut an, und man vergißt, daß es je wehgetan hat, bis er versucht, ihn wieder rauszuziehen, und dann will dein Körper ihn nicht wieder rauslassen. Und Juan-Antonio drückte immer weiter, und ich versuchte, tief Luft zu holen und einfach meinen ganzen Körper weit aufzureißen, das war fast was Religiöses, und schließlich glitt er hinein, und der Kampf war vorbei. Mein Arsch war ganz mit ihm angefüllt und seine Hände klammerten sich mir in die Seiten und hielten mich da fest, während er immer wieder vor- und zurückglitt und ich mich mehr und mehr öffnete. Er steigerte langsam das Tempo und legte sich flach auf meinen Rücken und ruckte immer wieder mit seinem Schwanz. Und ich fing an, die Hüften nach hinten zu stemmen, um ihm entgegenzukommen und alles zu kriegen, und ich löste meine Hand von der Bettkante, wo ich mich festhielt, und meine Schulter sackte runter, aber ich faßte nach hinten, um ihn anzufassen, um zu fühlen, wie er in mir arbeitete, und ich hielt seine Eier, und als der Penis rauskam, faßte ich den an, und es war kein Kondom drauf. Plötzlich wollte ich nicht mehr gefickt werden, und ich versteifte meine Hüften, und ich kam mir nicht mehr allzu betrunken vor, ich fing an zu betteln: »Zieh ihn raus, zieh ihn raus, bitte zieh ihn raus.« Und er wollte nicht, er nagelte mich nur um so heftiger und ich bettelte weiter und schließlich flutschte er raus und bohrte sich unten in meine Wirbelsäule und er kam auf meinem Rücken und klatschte schwer auf mich drauf und verstrich seinen Saft zwischen uns.

Er wälzte sich runter und lag mit seinen Händen hinter dem Kopf da. Und ich zählte bis sechzig, um ein bißchen Zeit vergehen zu lassen, und dann fragte ich: »Warum hast du kein Kondom benutzt?« Und er sagte: »Es lief zu schnell mit uns, und ich wollte nicht aufhören, aber das spielt keine Rolle, ich hab ihn rechtzeitig rausgezogen.« Ich sagte: »Bist du sicher? Meinst du nicht, ein Tröpfchen könnte drinnen gelandet sein? Wenn ein Tröpfchen mit einem in Kontakt kommt, reicht das schon hin. Aber du meinst, das sei sicher, was? Was?«

Er stand vom Bett auf, er war sauer, ich hatte das Ganze verdorben, er sagte: »Wenn du Schiß hattest, hättest du nicht mit mir mitkommen sollen«, und er lief aus dem Zimmer. Da hätte ich mich anziehen und verschwinden sollen, aber ich lag da und lauschte, wie er urinierte, und ich überzeugte mich selbst, daß er ihn rechtzeitig rausgezogen hatte und daß alles in Ordnung war. Und ich verschwand nicht, weil ich mehr Sex wollte und sonst nichts hatte, wo ich hinkonnte, es war zu spät, um von vorn anzufangen. Er kam mit einer Flasche Rum ins Zimmer zurück, er blieb nicht lange sauer, und wir tranken abwechselnd aus der Flasche, und meine Trunkenheit, die zwischendurch verflogen war, kam wieder zu Kräften. Wir saßen einander im Indianersitz gegenüber, und nachdem wir ein Weilchen getrunken hatten, holte er eine kleine braune Zweizollflasche aus seiner Kommodenschublade. Er drehte den Verschluß ab und reichte mir die kleine Flasche und sagte, ich solle das Aroma inhalieren. Es sei Amylnitrat, sagte er, und ich hielt mir die Flasche unter die Nase und atmete ein und meinen ganzen Körper durchwogte es und er nahm meinen Penis und fing an zu lutschen und er wurde in seinem Mund steif. Das Aroma aus der Flasche ließ mir das Herz aufgehen und ich wollte kommen wie nichts Gutes, aber die Wirkung hielt immer bloß drei Sekunden an, darum ließ ich die Flasche nonstop unter meiner Nase, während er lutschte und lutschte und meinen ganzen Penis verschlang. Ich war vom ersten Augenblick an süchtig nach dem Amylnitrat und ich wollte ganz fürchterlich kommen und das zeitlich mit der Hammerwirkung der Droge abstimmen und ich schnüffelte deshalb mit aller Kraft an der Flasche und die Flüssigkeit unten drin kam mir in die Nase und von da in den Rachen. Das hatte eine sofortige und alles überwältigende Übelkeit zur Folge, und ich drückte ihn mit den Beinen von mir runter, und ich rannte blind ins Badezimmer und fiel auf die Knie. Ich hielt mich an der Toilette fest, und ich übergab mich und schaffte es irgendwie, nicht zu ersticken. Als ich fertig war, kollabierte ich, und meine Beine zuckten und glitten über den Boden weg. Ich hatte alle paar Sekunden einen Blackout, ich war mir sicher, daß ich sterben würde, und einmal, als ich aufsah, stand Juan-Antonio nackt über mir in der Türöffnung, und ich schaffte es, die Tür an der Ecke zu erwischen und sie zuzuknallen. Ich übergab mich wieder, und ich hängte mich mit dem Kopf über die Schüssel, und ich hielt mich fest, und das half gegen den Schwindel, und ich stellte fest, daß ich durch die Nase nicht mehr atmen konnte. Juan-Antonio steckte noch einmal seinen Kopf durch die Tür, und ich kreischte ihn besoffen an: »Meine Nase ist im Arsch«, und er ließ mich allein, er schloß die Tür.

Ich stand von der Toilette auf und drehte die Dusche an. Ich war zu schwach, um zu stehen, also setzte ich mich in die Wanne und ließ das Wasser auf mich herabrieseln. Ich glaube, ich schlief ein bißchen, und als ich wieder aufwachte, dachte ich zuerst, es wär Wasser, aber es war Blut, was mir aus der Nase kam, und ich kriegte ein bißchen auf meine Finger, und das war rot, aber als Wasser draufkam, wurde das Zeug braun und verschwand. Ich hielt mir einen Waschlappen an die Nase, und ich versteckte den Penis zwischen meinen Beinen, und das Wasser prasselte mir auf die Schambehaarung, die einen orangefarbenen Ton hat, das hab ich von meiner Mutter geerbt. Und nach einiger Zeit schleppte ich mich aus der Dusche, und meine Finger waren runzlig und weiß und ausgelaugt, und das Bluten hatte aufgehört. Ich trocknete mich ab.

Ich ging ins Schlafzimmer und zog mich an. Juan-Antonio war immer noch nackt und hatte den Rum ausgetrunken, und er war ganz still. Meine Schuhe waren noch naß, und ich schob mich Richtung Ausgang, und er ging neben mir her und gab mir einen Zettel mit seiner Telefonnummer drauf. Er versuchte, mich zum Abschied zu umarmen, aber ich entzog mich dem und trat auf den Flur hinaus, und er folgte mir nicht nach draußen, und ich stieg die drei Treppen bis zum Hauseingang runter. Ich steckte mir seine Nummer in die Hosentasche und ging raus, und es war kalt, und ich hatte einen langen Fußmarsch bis zur Bowery vor mir. Der Schnee hatte aufgehört, und ich sagte mir, ich müsse nur einfach auf meine Fußspitzen schauen und bevor ich's merkte, wär ich zu Hause. Ich mußte mit dem Mund atmen und kriegte das auch hin, aber gleichzeitig fand ich's doch ziemlich traurig, daß meine Nase nicht mehr funktionierte.

Joy rieb mir über den Rücken, und plötzlich kam mir meine früheste Erinnerung hoch – meine Mutter rieb mir auf dieselbe Weise über den Rücken, und wir saßen in dem weißen Schaukelstuhl in meinem Zimmer. Es war dunkel, sie drückte mich an ihre Schulter, das Kinderbett stand zu meiner Rechten, die Tür war zu meiner Linken, und ich kam zu mir und wußte in dem Augenblick, daß ich lebte und daß ich eine Mutter hatte, und seither hab ich fast alles behalten. In dem Stuhl da fing es an, schaukelnd, reibend, und ich starrte durch den Spalt in der Tür nach dem Flurlicht. Ich erinnere mich, daß meine Mutter müde war und schön, daß ihr Haar lang war und daß ich geliebt und festgehalten wurde. Und ich erinnere mich, daß sie später, als ich größer wurde, immer für mich sang, wenn ich schlafen ging, und ich dachte mir eine Regel aus, wonach sie jedesmal, wenn ich ein Geräusch machte, wieder von vorn anfangen mußte. Also machte ich viele Geräusche, ich wollte nicht, daß sie wegging. Ich kann das Liedchen in meinem Kopf immer noch singen, ich singe es geflüstert, so wie sie das machte.

Ich dachte über das alles nach und Joy rieb mir über den Rücken und nach einem Weilchen bat ich um ihre Brüste und sie gab sie mir und sie hielt mich fest umschlungen. Später, als sie wollte, daß ich wieder ein Mann war, sagte ich zwar nichts dagegen, aber ich wollte nicht, obwohl ein Teil von mir schon wollte, und ich wünschte mir, ihre Brüste wären uns beiden genug. Ich drückte ihr den Nippel zusammen und sagte: »Tut das weh?« Ich wollte, daß es das tat, aber sie sagte nein.

Lieber mit Mädchen

ALS ETHAN UND ICH fünfzehn waren, fingen wir an, zusammen Bier zu trinken. Ich erinnere mich noch an das erste Mal, wo wir heimlich zwei Flaschen mit rausnahmen, und wir gingen auf die andere Seite vom See rüber und tranken sie superlangsam aus, während wir uns im Wald versteckten. Ich erinnere mich, daß wir einander andauernd fragten: »Bist du schon betrunken? Spürst du schon was?«

Wir mochten nicht mehr so gern fischen oder schwimmen gehen, das einzige, was uns interessierte, war, wie wir mehr Bier in die Finger kriegen könnten. Einmal fuhren Ethans Eltern übers Wochenende weg, und wir schafften es, einen ganzen Kasten zu organisieren. Ich sagte meinen Eltern, ich würde bei Ethan übernachten, was ich schon seit Jahren öfter gemacht hatte. Wir tranken das Bier hinten auf der Veranda, und als wir betrunken wurden, sagten wir bloß noch in einer Tour, wie schön der See sei. Aus den hohen Biergläsern seines Vaters tranken wir soviel, wie wir nur konnten, bis wir beide dachten, uns würde nun gleich schlecht werden, und Ethan zog die Schlafcouch im großen Wohnzimmer aus, und wir legten uns beide drauf und waren gleich weggetreten.

Ich schlief eine Weile, und als ich aufwachte, zog ich mir die Klamotten aus. Ethan hatte das schon vorher gemacht, und er schlief in seiner Unterwäsche auf dem Laken. Ich war immer noch betrunken, aber mir war nicht mehr schlecht, und ich schaute durch die Schiebefenster zum See raus und überlegte, ob ich Ethan nicht wecken sollte und ihm sagen, wir wollten schwimmen gehen. Er wachte von selber auf, und ich weiß heute noch, wie er den Kopf rüberdrehte, um mich anzusehen, und wie er aus Versehen mit dem Fuß an mein Bein kam und dann das Versehen immer größer wurde und wir uns schließlich in den Armen hatten. Ich hatte noch nie jemand anders angefaßt, ich hatte noch nie ein Mädchen geküßt, und Ethan wälzte uns beide herum und lag auf mir drauf. Einen Moment lang machte ich gar nichts, ich fragte mich, warum er oben war, aber dann kam es mir doch einleuchtend vor, Ethan war immer größer gewesen als ich, und ich schlang meine Arme um seinen Leib und drückte mein Gesicht an seinen Hals.

Am nächsten Tag waren wir verkatert und versuchten es auszuschwitzen, indem wir Basketball spielten. Wir waren am Morgen aufgewacht und hatten fast gar nichts gesagt. Nach einer Partie Basketball setzten wir uns in den Schatten neben der Auffahrt, und ich wollte ihn gerade fragen, ob wir nicht reingehen könnten und das noch mal versuchen, ich hatte Lust drauf. Aber bevor ich den Mund aufmachen konnte, tat er es schon, er sagte: »Laß uns vergessen, was letzte Nacht passiert ist. Wir waren besoffen, und das war 'n böser Fehler. Erzähl da nie jemandem was von. Ich hatte schon vorher mal daran gedacht, so was zu probieren, aber jetzt weiß ich, daß das nichts für mich ist, ich mach das lieber mit Mädchen, das wird um einiges besser sein.«

Ich sagte nichts zu Ethan, und wir spielten noch eine Partie Basketball, und wir haben nie wieder darüber gesprochen. Unsere Freundschaft wurde ziemlich wieder so, wie sie gewesen war, nur daß ich mir wünschte, wir wären nie auf Bier verfallen, weil wir nun nämlich echt nichts mehr zu reden brauchten. Alles, was wir zusammen noch machten, war, daß wir tranken und darauf warteten, unseren Führerschein zu kriegen, und Pläne schmiedeten, was wir mit unseren Autos anstellen würden. Und während dieser zwei Jahre des Wartens war ich immer mit dem Versuch zugange, genügend Mut zusammenzukratzen, daß ich ihn fragen konnte, ob ich ihn noch mal anfassen könne, aber ich hatte immer zuviel Schiß, und dann ging es los, daß ich mir hier und da eine Freundin anlachte, und es verschwand mir ein bißchen aus dem Hinterkopf.

Ethan kriegte als erster seinen Führerschein, und seine Eltern kauften ihm einen schmucken neuen Wagen. Wir waren siebzehn, und alles sollte jetzt für uns so richtig losgehen, aber das war auch der Zeitpunkt, wo Ethan allmählich von mir wegdriftete. Es fing langsam an, und es blieb immer unausgesprochen, aber er rief mich nie mehr als erster an, und er rief auch nicht mehr zurück, immer war ich es, der ihn anrief. Und manchmal spazierte ich zu ihm rüber, und er kam aus der Auffahrt gefahren, und das Auto war voll mit Leuten, die ich nicht kannte, und dann drehte ich mich um und tat so, als hätte ich was vergessen, und betete, er würde mich nicht im Rückspiegel sehen. Irgendwie konnten vierzehn Jahre Freundschaft in einem einzigen Augenblick ersterben, und ich wußte nicht, wie ich ihn nach dem Grund hätte fragen können.

Er traf mich immer noch alle naselang, und bei diesen Gelegenheiten benahm er sich, als wäre alles in Ordnung, und ich konnte nicht glauben, daß er das alles nicht merkte. Und dann dieses eine Mal, wo wir doch noch zusammen los waren, da sagte er mir früh am Abend, er sei müde und wolle nach Hause. Er setzte mich ab, und ich lächelte, wie ich ihn immer anlächelte, so als wären wir immer noch die dicksten Freunde, aber ich wußte, er log mich an. Ich ging zu mir nach Hause und versuchte zu schlafen, aber das taugte alles nichts. Und ich konnte meinen

Eltern nicht sagen, was los war, mir war das peinlich, und ich hatte Schiß, irgendwem zu erzählen, daß ich meinen besten Freund verlor. Also holte ich mein Fahrrad raus an jenem Abend, ich hatte das Auto, das ich hätte benutzen können, zu Schrott gefahren, und ich fuhr den halben Block bis zu Ethan nach Haus rüber, und sein Wagen war weg, und ich wußte, wo er war. Ich hatte diesen einen Jungen bloß einmal mit ihm zusammen gesehen, und ich hatte ihm gleich mißtraut, und ich wußte, wo er wohnte, und ich fuhr mit dem Rad hin. Das war ein paar Meilen weg, und als ich das Haus fand, stand Ethans Wagen davor. Ich versteckte mich im Schatten eines Baums, und ich wollte die Windschutzscheibe von dem Wagen einschlagen, ich wollte jedes bißchen Chrom zertrümmern, ich wollte das Wageninnere mit dem Messer aufschlitzen, und ich wollte in dem Wagen sitzen, bis Ethan rauskam, und ich wollte, daß er mich wieder mochte. Und außerdem wollte ich bei dem Jungen ins Haus rein und mit dem Baseballschläger auf alles losgehen (das wollte ich oft auch bei mir zu Hause), und ich wollte Ethan ins Gesicht sehen, und ich wollte ihn anschreien: »Ich wußte gleich, daß du lügst.« Aber ich tat bloß eins, ich drehte mein Fahrrad rum und schluckte alles runter und verschloß das tief in mir drin. Überall in meinem Körper, unten in meinem Rücken, in meinen Händen, in meinem Magen, an der Kante meiner Hüfte entlang, in meinen Armen, überall sind da Säcke und Schachteln mit Haß und mit Wut, und jene Nacht da bei dem Jungen vor dem Haus ist auch irgendwo da drin, treibt vielleicht kleine Krebsgeschwüre aus, aber bis auf weiteres ist das alles fest versiegelt. Obwohl es damals in jener ersten Nacht ein bißchen leckte, während ich auf meinem Fahrrad saß und meine Beine den Hügel hinauf nach Kräften bestrafte und meine Stadt haßte und die ganzen häßlichen Häuser haßte.

Immerhin haben Ethan und ich uns nie geprügelt. Ich sah ihn immer weniger, aber wir gingen immer noch gelegentlich ins Kino oder essen, und nicht einmal hab ich ihm erzählt, wie ich mich fühlte. So ging das anderthalb Jahre lang weiter, und ich dachte immer, daß das wieder aufhört, daß eines Tages so, wie alles verschwunden war, alles wiederkehren müßte und wir wieder die besten Freunde wären. Also klammerte ich mich an das bißchen Zeit, was er halt gerade für mich erübrigte, und wenn man mitten in dem Strudel drin ist, meint man, man würde treiben, aber in Wirklichkeit ertrank ich bloß immer mehr. Als wir achtzehneinhalb waren, zog seine Familie weg, und ich dachte, Freunde wie Ethan und ich legen einen großen Abschied hin, aber wir umarmten uns kurz, und ich sagte, ich würde schreiben, und das war alles. Und ich schrieb ihm ein paar Jahre lang und kriegte bloß ein einziges Mal einen Brief von ihm zurück.

Und ich bin jetzt also sieben Jahre in unserer Nachbarschaft rumgelaufen und mit dem Boot rumgerudert und hab methodisch daran gearbeitet, alles wieder zusammenzusetzen. Ich bin das Feld rauf- und runterspaziert, ich hab seinen Hinterhof angestarrt, ich hab den Basketballkorb angestarrt, den die neuen Bewohner nie entfernt haben, ich hab den Felsen im Wald angestarrt (den Elefantenfelsen, wegen seiner Größe), auf den wir immer raufgeklettert sind. Und soviel ich mich auch umsehen mochte, ich hatte immer das Gefühl, meine komplette Kindheit wär gar nicht gewesen, weil mich Ethan an ihrem Ende verlassen hat. Ich kam mir beraubt vor, als wäre das Glück, das ich gespürt hatte, womöglich bloß Einbildung. Und dann dämmerte es mir langsam, daß Ethan nicht einfach eines Tages, als wir siebzehn waren, mit dem Vorsatz aufgewacht sein konnte, mich zu verlassen, er mußte das vielmehr die ganze Zeit geplant haben. Ich brauchte ein paar Jahre dafür, aber ich fing an zu erkennen, daß er mich wahrscheinlich schon fast so lange gehaßt hatte, wie er mich kannte. Ich erkannte an meinem eigenen Verhalten, daß ich Ethan auf eine subtile, hinterhältige Weise Anlaß gegeben hatte, mich zu verabscheuen. Nach und nach fielen mir all die Gelegenheiten ein, bei denen ich fies gewesen war, wie ich gelacht hatte, als sein älterer Bruder ihn schlug, wie ich gelacht hatte, als er verletzt war. Aber Ethan hatte keine anderen

Freunde und errichtete über viele Jahre hinweg ein ganz unglaubliches Trugbild, wartete die ganze Zeit auf den Moment, wo er stark genug sein würde, mich nicht mehr zu brauchen und sich schließlich von mir zu befreien. Ich hatte ihn geliebt, aber ich hatte nicht gewußt, was Liebe ist, und darum hatte er mich immer gehaßt, und als er bereit war, verließ er mich. Und er tat recht daran.

Arzt mußt du werden

DER KILLER SITZT mir im Nacken, ich bin gerade aus der Klinik zurück, und ich weiß, sie werden Aids feststellen. Der Befund liegt in vier Wochen vor, und ich seh in den Spiegel und sage, wessen Augen sind das? Aber zum ersten Mal in meinem Leben erkenne ich meine Gedanken – ich hab nie geglaubt, daß ich sterben würde. Ich hab niemals auch nur geglaubt, daß irgendwer sonst gestorben sein könnte. Ich saß bei meinem Großvater am Totenbett, und sie kriegten seinen Magen nicht wieder zusammengeflickt (mein Vater sagte, sein Bauch sei wie ein Schweizer Käse, so verrottet sei das Fleisch), und sie hatten ihm einen Katheter in seinen vorsintflutlichen Pimmel gesteckt. Er war von innen her verrottet, wie es mir jetzt selber passieren wird, und ich erinnere mich an das Blut, das ihm aus dem Plastikröhrchen in seiner Kehle in die Maschine tröpfelte, die an der Wand vor sich hin summte. Das hörte sich an wie eine Fabrik. Und ich säuberte ihn immer von dem Zeugs, das er aus dem Mund spie, alle Verwandten meinten, ich wär so tapfer, aber ich wollte unbedingt an seinem Bett bleiben, ich betete darum, daß er starb, während ich da saß. Ich wollte es sehen, ich wollte es wissen. Aber er schlug immer wieder seine schmerzerfüllten blauen Augen auf, und er war fast verschwunden unter den Laken, und dabei hatte er einmal einen gewaltigen Alkoholikerbauch gehabt. Darum hatten sie jetzt feuchte Kompressen an die Stelle getan, wo sein Magen gewesen war, um ihn beisammenzuhalten.

Ich fragte ihn, was ich mit meinem Leben anfangen solle. Ich weiß nicht, ob er's tatsächlich tat, aber er hätte mich hassen müssen – seine zweiundsiebzig Lebensjahre gehen dem Ende entgegen, und ich bettel ihn um irgendwelche letzten Worte der Weisheit an. Ich hab mich immer bloß um mich selber gekümmert, selbst in diesem Augenblick. Und er konnte nicht sprechen, darum hab ich gesagt: »Soll ich Anwalt werden?« Und er nickte kaum sichtbar mit dem Kopf. Ich war nett zu ihm, ich stellte ihm eine Frage, die er beantworten konnte. Ich wußte nicht, was ich sonst noch werden konnte, obwohl ich in meiner reizenden jüdischen Familie nie was anderes zu hören kriegte als immer bloß: »Arzt mußt du werden, Anwalt mußt du werden.«

Dieser nette jüdische Bengel also ging in die Klinik, und bevor die einem da das Blut abnehmen, sprechen die mit einem ein bißchen über die Krankheit, und der Doktor sagte: »Ich will mal ohne Umschweife fragen, haben Sie sich ficken lassen?« Und ich sagte ja, und er erläuterte, infiziertes Sperma könne durch kleinste Risse und Wunden im Anus eintreten und ich könne bis oben voll mit Aids sein. Und ich erinnerte mich an das erste Mal, wo ich gefickt wurde, wie ich die Augen fest zumachte und sie ins Kissen drückte, aber der Kerl wollte nicht, daß ich mich versteckte, und er drehte mich rum, legte sich meine Beine auf die Schulter und sagte: »Ich will dein Gesicht sehen, mein hübscher Bengel.« Und jetzt werd ich also sterben, und ich schätze mal, ich werde kein Anwalt, aber ich glaube nicht daran. Mein Großvater ist in der Nacht gestorben, und ich hab ihn nicht abtreten sehen.

Ein voller Haarschopf

ICH HATTE DEN DICKEN braunen Mantel an, den sie mich im Winter tragen lassen, und wenn ich aus der Wärme der doppelten Türen rausmußte, um ein Taxi zu rufen, fühlte sich meine Pfeife im Mund wie Eis an. Im Restaurant war Sauregurkenzeit, und ich jagte jedem Trinkgeld hinterher, das ich kriegen konnte. Ich stand an der Ecke Park Avenue und fragte mich, wieviel Frost ein Gesicht wohl aushalten konnte.

Am Ende des Abends zählte ich wie immer in der Garderobe mein Geld. In die rechte Tasche stopf ich mir die ganzen Eindollarscheine, und in die linke Tasche kommen das Kleingeld und die dicken Trinkgelder fürs Aufpassen auf die Mercedesse der Stammgäste. In dem Einerhaufen fand ich einen Zehner, irgendwer hatte mir den bloß so fürs Türenaufhalten oder Taxibesorgen zugesteckt, und ich hatte das nicht mal gemerkt. Ich hatte nicht viel eingesackt an jenem Abend, aber dieser heimliche Zehndollarschein gab mir das Gefühl, es habe sich gelohnt. Ich freute mich, daß irgendwer da draußen so spendabel war.

Ich legte meinen Türsteherhut in mein Kabuff und holte den langen schwarzen Schal raus, den Tante Doll vor ein paar Jahren für mich gestrickt hatte, und wickelte mir den um den Kopf. Ich weiß nicht, was sie mit dem angestellt hat, aber jedenfalls wird er von Jahr zu Jahr länger und breiter und ist inzwischen mehr so was wie ein Umhängetuch. Ich wickel ihn mir erst um die Schultern, dann über den Kopf, und wenn ich ihn mir dann am Kinn feststecke, guckt bloß noch meine Nase raus und ein bißchen was von meinen roten Haaren. Ich seh aus wie ein Rabbi.

Ich nahm die U-Bahn auf dem Weg nach Hause in jener kalten Nacht, und ich redete mit mir selbst, und keiner belästigte mich weiter. Zur Bowery ist das eine Fahrt von ungefähr fünfzehn Minuten, und ich stieg an der Spring Street aus, und ich ging mitten auf der Straße, so daß mich keiner überraschen konnte, aber wie immer klimperten mir die Vierteldollarstücke in den Taschen, als bimmelten sie nach Kriminellen. Nachts ist das hier unten duster und still, und man sieht die Leute erst, wenn man mit der Nase draufknallt, aber wie immer kam ich sicher nach Hause – mir hat nie einer ein Härchen gekrümmt. Ich glaub, das liegt an der Art und Weise, wie ich meinen Kopf bewege.

Vor meiner Haustür hockte ein Penner auf der Stufe und trank Wein, und seine Klamotten sahen kalt und steifgefroren aus, aber sein Gesicht war lebendig und rot und hatte gleich unter der Haut ein Spinnennetz aus dünnen, geplatzten Äderchen. Ich versuchte mich an ihm vorbeizudrücken, und er sagte: »Hast du die Birne voll?« Und ich sagte: »Nee, nur voll von der Arbeit.« Er sagte: »Das ist gut, dafür bist du geschaffen«; und dann sagte er: »Ich will keinen belästigen, bloß mein Weinchen süffeln.« Ich blieb eine Sekunde stehen und schaute die Straße runter, um zu sehen, ob die Huren draußen waren, und selbst für die war's zu kalt, und als mein Blick zum Penner zurückkehrte, ließ der seine Flasche fallen, und der Kopf sackte ihm nicht allzu hart auf die Betonstufen. Ich machte die Haustür auf und faßte ihn bei den Schuhen, ich wollte weder seine Kleider noch seine Haut anfassen, und ich zog ihn auf die kleine, schmuddelige Freifläche bei der Treppe unter den Briefkästen. Ich schloß die Tür, und die Kälte war ausgesperrt. Ich sah zu ihm runter, und er hatte einen vollen Haarschopf, und das erstaunt mich immer wieder. Ich stieg langsam zu meiner Bude hoch, und ich überlegte, ob ich ihm einen Vierteldollar in die Tasche stecken sollte, so wie der Typ, der mir den Zehner zugesteckt hatte, aber ich konnte nicht, ich konnte mich in jener Nacht nicht mal von einem Cent trennen, ich wollte, daß meine Ausbeute komplett blieb, ich wollte sie am Morgen zählen.

Nach Hause

ICH FUHR NACH HAUSE, um am Freitag abend mit meinen Eltern zu essen. Ich wollte ihnen nichts davon sagen, daß ich den Test hatte machen lassen und auf die Ergebnisse wartete, aber irgendwie wollte ich doch bei ihnen sein. Ich beschloß, lieber den Bus zu nehmen als den Zug, und ich fuhr übers Hafenamt. Ich kaufte mir meine Fahrkarte, und die Busse fuhren alle Stunde, und einen hatte ich gerade verpaßt, deshalb ging ich auf die Straße raus. Ich wollte es mir versagen, aber ich konnte nicht, und ich strengte mich auch nicht sonderlich an dabei, und so ging ich also Richtung Peep-Shows. Ich ging an der Show World vorbei, ich dachte, ich wollte mal was Neues ausprobieren, und einen Block weiter auf der Dreiundvierzigsten ging ich in ein Kino namens The Venus. Ich bezahlte bei einem alten, glatzköpfigen, zigarettenrauchenden Kerl sechs Eier und ging rein. Das Kino war schmal und dunkel, und der Fußboden fiel zur Leinwand hin ab. Die Sitze waren dicht an dicht, und der Film lief, und das einzige Licht kam vom Projektor. Ich konnte ein paar verstreute Typen in den Sitzreihen erkennen und ein oder zwei Schatten an den Wänden, das waren ebenfalls Männer. Ich suchte mir einen Platz weit weg von allen anderen, und ich sah den drei Frauen auf der Leinwand zu, die noch angezogen waren und über Sex quatschten. Ich war ungefähr zwei Minuten drin, als sich ein Typ an meinen Knien vorbeidrückte und sich auf den Platz direkt neben mir setzte. Er starrte ein oder zwei Minuten auf die Leinwand, und mein Herz raste, und dann flüsterte er: »Ich will dir einen blasen.« Und ich sagte nein, und darauf sagte er: »Dann will ich dich anfassen«, und ich dachte einen Augenblick drüber nach und sagte dann ja. Er fing an, mit der Hand innen an meinem Bein rumzureiben, und dann legte er mir die flache Hand in den Schritt. Auf der Leinwand hatten die Frauen inzwischen ihre Kleider aus, und sie lagen alle übereinander, und immer mal wieder kamen Nahaufnahmen von Zungen in Mösen. Der Mann knöpfte mir die Hose auf und ich warf einen kurzen Blick auf ihn und er hatte einen dunklen Schnauzbart und im Licht des Kinos schimmerte seine Haut irgendwie und ich dachte mir, wahrscheinlich hat er irgendwann mal schlimm Akne gehabt. Er holte meinen Penis raus und er strich an mir rauf und runter und er fing schwer zu atmen an und keiner von den anderen Typen im Kino sah sich nach uns um. In dem Film tauchte ein Lieferantenjunge auf und die Frauen zogen ihn aus und fesselten ihn und dann fragte mich der Mann, ob ich nicht mit ihm nach oben ins Badezimmer wolle, wo wir etwas mehr für uns wären, und ich sagte ja. Ich machte mir die Hose zu und in der Ecke des Kinos war ein roter Wegweiser mit der Aufschrift HERREN und wir gingen eine kurze Treppe hoch.

Das Bad war dunkel, das Licht war aus, und wir gingen in ein Kabäuschen mit einer Bank drin und keiner Toilette. Ich lehnte mich an die Wand, und der Typ öffnete mir die Hose, und er fragte mich wieder, ob er mir einen blasen dürfe, und ich sagte nein. Also fing er an, mir einen runterzuholen, und dann kam eine Hand durch das Loch in der Wand, alle diese Örtlichkeiten haben Löcher in den Wänden, und die Hand begrabbelte meinen Hintern, und ich wich aus, es kam zu überraschend, und mein Typ knallte gegen die Wand und sagte: »Fick dich!« Und er streichelte mich weiter und bat wieder, er wolle mir einen blasen, und ich wollte ihn nicht ranlassen, ich wollte seinen Mund nicht an meinem Schwanz haben, und dann kam ich, es tröpfelte einfach so aus mir raus, und er fühlte es auf seiner Hand. Er sagte: »Ist das alles?«, und er sah mich an, und er verließ das Kabäuschen, und er sagte: »Du bist 'n echter Witz«, und er ging wieder ins Kino runter. Ich steckte meinen Penis wieder in die Hose, und ich kriegte ein bißchen Sperma an die Finger. Ich sah mich im Bad um, aber es gab weder Toilettenpapier noch Handtücher, und an der Wand wollte ich es nicht abwischen, also zog ich mir die Hosenbeine ein bißchen hoch, das war eine super Idee, und ich wischte es mir an den Socken ab, niemandem würde es da auffallen. Ich verließ das Kino, und ich war überrascht, daß es hell-lichter Tag war, drinnen war's so dunkel, und ich lief zum Hafenamt zurück, und ich erwischte meinen Bus, und ich verschlief den größten Teil der Fahrt nach Hause.

Der Bus setzte mich an einer Tankstelle eine halbe Meile von zu Hause ab, und ich hätte anrufen können und mich abholen lassen, aber ich beschloß zu laufen. Ich kam in unsere Straße, und da war's still und dun-kel, und ich ging weiter bis zum Feld und spazierte durchs Gras und stellte mich auf das zweite Base, was ich immer tu, es würde Unglück bringen, wenn ich's nicht täte. Dann ging ich zum Ende des Feldes weiter und den Abhang zu dem kleinen Streifen Land rauf, der den großen See vom kleinen See trennt. Ich nahm den Fußweg zur Brücke über dem Wasserfall, und ich stand da, und ich sah und hörte es runterrauschen, und ich war froh, daß das Wasser das immer noch tun mochte. Dann schaute ich über den großen See zu-rück, und die Bäume bewegten sich, es war kein Laub dran, und mein Blick glitt über Ethans Anleger und Hinterhof und blieb da eine Sekunde lang hängen, ich fragte mich: Wo steckt er? Und dann wanderte mein Blick weiter zu unserem Haus, und das gelbe

Verandalicht war für mich angeschaltet. Es war zu weit weg, um drinnen was erkennen zu können, aber ich wußte, meine Mutter würde den Tisch superhübsch gedeckt haben. Freitagabends macht sie immer ein großes Schabbes-Mahl, und wenn ich zu Hause bin, haben mein Vater und ich Jarmulke-Kappen auf, und er spricht ein Gebet über Brot und Wein. Sie warteten auf mich, und ich fand es irre, daß ich hier stehen konnte und sie nicht wußten, wo ich war, ich konnte überall in der Nachbarschaft rumspazieren, und sie würden gar nichts davon merken, daß ich zu Hause war. Ich dachte daran, um unser Haus rumzukriechen und in die Fenster zu schauen, was treiben sie so, wenn ich nicht da bin, welche krankhaften Sachen würde ich zu sehen kriegen? Ich starrte unser Haus an, den vertrauten Umriß, all das, was mir bekannt war, und mir ging auf, daß ich meine Eltern gar nicht sehen wollte. Aber ein bestimmter Teil von mir wollte hinüberrennen, so schnell er konnte, und ihnen alles erzählen und sich von ihnen in den Arm nehmen lassen, aber ich konnte es nicht über mich bringen, ich will nicht, daß sie mich kennen. Und so überlegte ich, ob ich nicht einfach ein bißchen auf der Bank am kleinen See rumsitzen sollte, das war alles, was ich brauchte, aber ich kriegte ein schlechtes Gewissen, weil meine Mutter mit dem Essen auf mich wartete, und darum lief ich schließlich zu der Tankstelle zurück und ging in die Telefonzelle und rief an.

Sie ging ans Telefon, und ich sagte, ich sei immer noch in New York und ich sei krank, hätte einen dikken Hals, und es täte mir leid, so spät erst anzurufen, aber bis zum letzten Moment hätte ich noch gehofft, ich könne kommen, aber es ginge mir einfach zu schlecht. Und sie war enttäuscht, aber sie war voller Verständnis und auch voller Liebe, und es war ein gutes Gefühl, ihr wenigstens eine Notlüge auftischen zu können. Dann nahm mein Vater am Zweitanschluß ab, und sie erzählte ihm, ich sei krank und ich käme nicht nach Hause. Und für ihn gilt nie irgendeine Krankheit außer der, die er gerade hat, und er sagte: »Mein linkes Auge macht mir Probleme«, und ich sagte: »Ach, tatsächlich«, aber er behelligte mich nicht weiter. Sie sagte mir, ich solle gut auf mich aufpassen und ich solle mir etwas Matze besorgen, weil bald Pessach wär, und ich sagte, ja, das würde ich tun, und dann ging es mit der Verabschiederei los. Ich murmelte irgendwas, und er sagte: »Gutnacht, mein Junge«, und sie sagte: »Ich hab dich lieb«, und ich hörte mir das an, und dann legten wir alle auf.

Ich lief von der Tankstelle über die Straße, und ich versteckte mich hinter der Bushaltestelle für den Fall, daß mein Vater zufällig vorbeikommen sollte oder irgendwer, den sie kannten, mich sah. Als nach einer Weile der Bus kam, sprang ich raus und gab Zeichen, daß er anhielt. Ich setzte mich ans Fenster, und wir verließen unsere Straße, und ich hatte nicht das Gefühl, daß ich ihnen das jemals erzählen könnte, und ich fragte mich, was ich machen sollte, wenn und falls ich krank würde. Aber ich verdrängte das, und ich sagte mir, wenn ich jetzt lebe, dann leb ich immer. Ich klappte meinen Sitz so weit wie möglich zurück, und ich sah aus dem Fenster und auf die dunkle Straße hinaus. Ich dachte an meine Eltern, wie sie ihr freitägliches Abendmahl aßen, und ich dachte an meinen Vater, wie er seine Jarmulke trug. Und irgendwie wünschte ich mir, ich hätte eine Jarmulke, die ich hier im Bus aufsetzen könnte.

Ich hatte Jimmy Warren eine ganze Weile nicht mehr gesehen, darum fragte ich einen anderen Penner, wie es Jimmy gehe. Er sagte: »*Du meinst Jimmy den Kämpfer?*«

»*Exakt, Jimmy Warren. So'n kleiner Knirps. Mit dem alles in Ordnung?*«

»*Yeah, alles in Ordnung mit dem, der is' immer noch mit seinem nächsten Drink zugange.*«

Dann, ein paar Tage später, entdeckte ich Jimmy, und ich beobachtete ihn dabei, wie er still auf einer Bank saß und mit seinem einen guten Daumen seine Flasche aufmachte. Ich bin zu ihm hin und sagte hallo, aber er war schon zu sehr weggetreten, um mich noch zu erkennen. Ich sagte zu ihm: »*Jimmy, warum hörst du nicht mit Trinken auf?*« *Und er wußte nicht, wer ich war, aber er hörte mich, und er sagte:* »*Schätze mal, ich bin noch nicht soweit.*«

Jimmy also macht es noch bis auf weiteres, aber mir ist klar, daß die Penner langsam wegsterben. Obdachlose gibt es mehr denn je, aber der Bowery-Penner, der weiße Fulltime-Alkoholiker, der im Zweiten Weltkrieg oder in Korea gedient hat, wird bald ausgestorben sein. Diejenigen, die noch übrig sind, die Jimmy Warrens, die J.B. Brittens, tragen kleine orangene Klinikbänder ums Handgelenk; sie sind so was wie markierte wertvolle Vögel in einem Schutzgebiet. Aber einer nach dem anderen werden sie krepieren, irgendwo auf einer Straße oder in einem Park oder einem U-Bahn-Tunnel, und die Arbeiter, die ich nie zu sehen krieg, werden sie auflesen, und ich kann nicht zu ihrer Beisetzung. Die Penner, die ich gekannt hab, werden irgendwo zwischen Manhattan und Long Island beerdigt werden, und die orangenen Armbänder werden ihnen von den Handgelenken genommen werden, und irgendein Blatt Papier in irgendeinem Aktenschrank irgendwo wird weggeworfen werden.

Die Klinik

ICH WAR IN DER KLINIK, um meinen Befund abzuholen. Ich wartete zusammen mit den schwarzen
Müttern und ihren Kindern und mit den Schwulen
und ihren Liebhabern. Die Kinder machten einen ge-
sunden Eindruck, sie waren laut und rannten rum,
und ihre Mütter waren zu sehr mit dem Ausfüllen
von Formularen beschäftigt, um mit ihnen zu
schimpfen. Ich wollte ein paar von den Wilden zu
mir rüberrufen und mit ihnen spielen, damit die
Zeit rumging, aber ich hatte das Gefühl, das wär
nicht in Ordnung. Also beobachtete ich nur die Leute, die aus der Schwingtür neben dem Schreibtisch
der Schwester kamen, und versuchte rauszufinden,
was sie zu hören gekriegt hatten. Wenn sie nicht gerade ein strahlendes Lächeln im Gesicht hatten,
war's schwer abzuschätzen, ob sie mit guten oder
schlechten Nachrichten rauskamen. Nach einem
Weilchen rief eine Schwester meine Nummer auf,
und sie führte mich einen langen Gang entlang und
dann noch einen, bis wir in einen leeren Raum mit
einem Tisch und zwei Stühlen darin kamen. Wir

setzten uns, und sie war mittleren Alters und freundlich und sagte, es tue ihr leid, daß wir so weit hätten gehen müssen, aber die anderen Sprechzimmer seien alle besetzt. Sie öffnete einen Hefter, und ich wartete, und sie sah mich an und lächelte. Sie sagte, mein Test habe ein negatives Ergebnis erbracht, ich sei nicht von dem Virus befallen. Ich sah sie an, und ich wußte, es war wichtig, sich zu benehmen, und ich sagte danke. Sie zeigte mir das Blatt Papier und wies auf die Stelle ganz unten auf der Seite, wo mit schwarzer Tinte ein bißchen schief das Wort »negativ« hingestempelt worden war. Sie bot mir an, das Blatt zu kopieren, damit ich selber was in Händen hatte, und ich sagte, ich hätte sehr gern eine Kopie.

Sie ging aus dem Zimmer, und ich holte meine Brieftasche raus und sah mir die verschiedenen Sachen an, die ich darin aufbewahrte. Sie war nicht lange weg, und als sie wiederkam, nahm ich die Kopie, die sie angefertigt hatte, faltete das Blatt und steckte es zu einigen Geldscheinen in die Brieftasche. Ich dankte ihr noch einmal, und sie wollte wissen, ob ich noch irgendwelche Fragen hätte, und ich sagte, nein, hätte ich nicht. Also gaben wir uns die Hand, und sie führte mich durch die Gänge ins Wartezimmer zurück. Ich ging durch die Schwingtür, und ich schritt an den Müttern und Kindern und den schweigenden Männern vorbei, und niemand sah mich an. Aber ich wollte, daß jemand Notiz von mir nahm. Ich fragte mich, wo die Person war, die meinen Platz eingenommen hatte, die wissen wollte, mit was für Nachrichten die Leute zurückkamen. Ich bin immer neugierig auf die Leute, die mich ersetzen, die die Sachen denken, die ich denke, die an meine Stelle treten, wenn ich nicht da bin. Ich weiß, daß es jemand Jüngeren als mich gibt, der macht, was ich früher gemacht hab, und jemand Älteren, der macht, was ich mal machen werde, und irgendwen in meinem Alter, der genau wie ich ist. Wenn der da in dem Wartezimmer gewesen wäre, hätte ich ihm erzählt, daß ich den Virus nicht hatte, daß ich ihn aber brauchte. Ich ließ meinen Blick über die Stühle wandern, um ihn zu entdecken, aber ich fand ihn nicht. Ich schätzte, er würde erst später hier reinkommen.

Ich ging raus, es war kühl und schon dunkel geworden, und ich fing an, von der Klinik wegzulaufen. Ich schwor mir, daß ich da nie wieder hin müsse. Aber noch während ich mir das sagte, wußte ich schon, wie halbherzig dieses Versprechen war, und mit jedem Schritt weg von der Klinik, den ich machte, spürte ich mich auf hilflose Weise dorthin zurückkehren, immer wieder und wieder, bis ich es hingekriegt hatte.

Ich lag neben Joy, und ich wollte sie umbringen, weil ich sie schlucken hörte. Ich haßte dieses kleine Ding, das sie war, was sie machen mußte, um zu leben. Dann spürte ich etwas Kaltes an meiner Hüfte, und mir schauderte, weil ich eingeschlafen war und dann wieder aufgewacht und mir eingefallen war, was wir eben gemacht hatten. Ich hatte mich unter der warmen Decke verloren und in den Geräuschen der Straße draußen, aber dann hörte ich sie schlucken, und dann fühlte ich diese Flüssigkeit, und ich wußte, wir hatten diese abscheulichen Körper mit Löchern und Flüssigkeiten drin, und ich haßte mich. Ich lag neben ihr, neben diesen vierunddreißig Jahren voller Emotionen und Erinnerungen und Gedanken, und ich wollte so tun, als wäre sie nicht da, weil ich sie nicht lieben konnte. Und ich schreibe dies hier nackt, ich hab sie weggeschickt, und ich rieche meinen Pimmel, und ich will sterben. Ich sagte ihr: »Ich will dich nie wiedersehen, ich will so tun, als hätte ich dich nie kennengelernt«, und sie fing an zu weinen. Und ich drehe jetzt in diesem Moment noch weiter ab, weil ich den Stift in meinen Fingern halte und meine Finger riechen, und ich wollte es ihr sagen, also hab ich's ihr gesagt: »Ich hasse es, dich atmen zu hören, ich hasse es, dich schlucken zu hören.«

Und das ist so fürchterlich, ist sie bloß 'ne Fotze, ich

will das nicht glauben, aber das ist alles, was ich von ihr wollte, ich mochte sie nicht mal küssen. Aber ich fühl mich so schuldig, so fürchterlich schuldig, und bevor sie ging, bat ich sie um Vergebung, und sie kreischte mich an: »Warum weist du meine Liebe zurück, ist sie so bedeutungslos für dich?« Und ich gab ihr keine Antwort, ich ließ sie einfach gehen, aber sie ist wirklich bedeutungslos für mich, und ich wünschte mir, ich könnte dich ausradieren, weil ich dir niemals weh tun wollte.

Poppy

ICH LIEBTE MEINEN Großvater. Ich trage seine Kleider, das gibt mir das Gefühl, ihm nahe zu sein. Ich bilde mir ein, wenn ich seinen Hut trage, bin ich vor allem sicher, und darum rede ich mit ihm und sage: »Danke, daß du auf mich aufpaßt, Poppy.« Und die Penner auf der Straße fragen: »Wo hast du bloß den Hut her, Red?« Also antworte ich voller Stolz: »Der hat meinem Großvater gehört.« Und sie lächeln und scheinen zu verstehen. Wenn ich irgendwo essen gehe und seine Klamotten anhab, dann bestell ich was, was er immer gern gegessen hat. Ich hab ihm immer gern beim Essen zugesehen, Eier und Weißfisch in seinen Mundwinkeln, ganze Brötchen, die er sich in die Backen stopfte, bis zum Platzen. Wenn er zu Besuch kam, rannte ich so schnell, wie ich konnte, um meine Arme um seinen dicken, warmen Bauch zu schlingen, und er drückte meinen Kopf fest an sein Hemd und sagte dann immer: »Lauf nicht so, sonst fällst du noch.« Und ich küßte meinen Poppy auf die Wange, und er küßte mich zurück, ganz feucht, aufs Ohr. Trotzdem war er ein trübseliger Mensch, und oft fragte ich ihn: »Liebst du Nanny gar nicht? Warum küßt du sie denn nicht?« In ihren letzten gemeinsamen Jahren wurde er von ihr ständig schikaniert, und sein Kopf kriegte Zukkungen, und er schrieb lange Briefe an unsere Familie und wiederholte darin dauernd diese Formulierung: »Und so fahren wir fort.«

Wenn ich zu seinem Haus gehe, das jetzt unter einer Staubschicht vor sich hin dämmert, weil meine Großmutter nach seinem Tod weich in der Birne wurde, setz ich mich in seinen Sessel und warte darauf, daß er kommt. Ich lese die alten Zeitschriften mit den ganzen alten Neuigkeiten, und ich starre seinen Namen auf den Adreßaufklebern an. Aber nach einer Weile ist er immer noch nicht da, und da geh ich dann in den Keller runter, in dem sich nichts verändert hat, und ich fasse seine Werkzeuge an und finde kleine Schätze, eine Armbanduhr, die er in Reparatur hatte, und ein paar alte Münzen, aber ich nehm nichts davon mit. Ich laß alles schön liegen, für ihn und für mich, wenn ich das nächste Mal komme.

Ich weiß nicht, warum ich diese anderen Sachen über ihn geschrieben hab, ich hab gebetet, daß er am Leben bliebe. Hab ich wirklich, Poppy, ich hab heute deinen Hut getragen, ich wollte nicht, daß du stirbst.